파졸리니의 길

LA PISTE PASOLINI

by Pierre Adrian

파졸리니의 길

피에르 아드리앙 지음 | 백선희 옮김

La Piste Pasolini

muʃintree
뮤진트리

▪ 일러두기

– 이 책은 Pierre Adrian의 《La Piste Pasolini》(Equateurs, 2015)를 우리말
  로 옮긴 것이다.
– 본문에 나오는 도서·영화의 제목은 원 제목을 번역 표기하는 것을 원
  칙으로 하되, 국내에 번역 출간 및 소개된 작품은 그 제목을 따랐다.
– 옮긴이의 주는 괄호 안에 줄표를 두어 표기했다.

차례

파[1]를 위해

프롤로그

　볼 것이 아무것도 없다. 사방에 쓰레기가 널려 있는
지저분한 해변, 흠뻑 젖어 형체를 알 수 없는 끈끈한
덩어리로 변해버린 모래사장. 여기저기 나뒹구는 나무
토막, 나이키 운동화 한 짝, 버림받은 개처럼 덩그러니
남겨진 녹슨 예인선, 그리고 좌초한 배 몇 척. 바닥에
코를 박은 채 진흙 밭이 된 모래사장을 배회하는 불도
그 한 마리. 녀석은 뭔가를 찾고 있다. 그리고 나는 볼

---

1) Pa', 아이들이 파졸리니에게 붙인 애칭(―옮긴이).

것이 아무것도 없다는 것을 안다. 더 멀리에는? 더 멀리에는 시커멓고 더러운 바다가 보인다. 더럽고 질척질척한 오스티아Ostia[2]의 바다가 일렁인다. 마치 테베레 강 하구의 하수구 같다. 온통 시커멓고 수평선도 지저분하다. 예전에 항구였던 오스티아는 겨울이면 황량한 해수욕장이 된다. 여름에는 사람들로 북적이고 훨씬 더 더러워진다.

이 1월의 아침, 바다는 잿빛으로 일렁이며 환한 햇빛에 짜릿한 색채를 부여하고, 하늘이 거기에 창백한 색채를 뒤섞는다. 정적 따위는 없다. 파도의 굉음이 정적을 깨뜨린다. 문 닫은 상점들이며 탑들과 함께 썩어가는 오스티아는 밋밋한 지중해의 지평선 앞에 우뚝 선 거대한 건물들을 얼핏 보여준다. 파졸리니는 그저 '계절 손님들'의 기분전환을 위해 꾸며놓은 이 영혼 없는 음울한 건축물 곁에 와서 죽었다. 나는 아침 일찍

---

2) 이탈리아 로마 서남쪽 약 20킬로미터 지점에 있는 고대 로마의 도시. 테베레 강 하구 충적평야에 자리해 있다(─옮긴이).

테르미니에서 출발했다. 그 로마 역의 아케이드는 피신처로 쓰여, 이민자들이 거기서 자신의 고독 위에 앉아 잠을 잔다. 역 대합실의 창백한 불빛이 그들을 적신다. 테르미니 역의 스크린들이 반복해서 틀어대는 광고도 그들을 깨우지 못한다. 광고 메시지는 자장가처럼 쉬지 않고 되풀이된다.

교통 상황만 괜찮으면 오스티아는 로마에서 서쪽으로 30분만 달리면 도착할 수 있다. 비아 델마레via dell'Mare라는 이름의 2차선 도로가 오스티아의 리도Lido까지 이어진다. 소나무가 파라솔처럼 드리운 직선 도로다. 도로는 예산 부족으로 건설이 중단된 고속도로처럼 뚝 끝나버린다. 더 멀리 갈 수가 없다. 비아 델마레 앞에는 바다와 멋없는 공터가 있다. 아무도 앉지 않는 돌 벤치, 전투부대처럼 모래사장 위에 늘어선 오두막들을 굽어보는 철책. 오두막들은 물을 기다리지만, 물은 지치도록 모래 위로 밀려오기만 할 뿐이다. 앞으로 나아가지 않는 지중해. 지중해는 뒤로 물러나지도 않고 앞으로 나아가지도 않는다. 오두막의 목재는 비와 물보라에 젖어 녹슨 적갈색을 띠고 있다.

나는 이렇게 오스티아를, 볼거리 하나 없는 이곳을 발견한다. 그리고 죽음의 장소를 찾는다. 그런데 죽음은 곳곳에 있다. 40년 전 파졸리니가 쓰러진 수상 기지로 향한다. 이제 바다를 왼쪽에 두고 걷는다. 오른쪽에는 늘어선 건물들과 휴가용 집들이 보인다. 겨울이 완연하다. 노후해서 누레진 건물들은 덧문까지 닫혀 있다. 오늘날 오스티아는 로마가 바다에 뱉어놓은 찌꺼기 같은 곳이다. 그런데 파졸리니는 이곳에 와서 죽었다. 그가 살았던 장소들을 찾고 있는 나로서는 이곳 오스티아에 들르지 않을 수 없다. 맥도날드 매장, 은퇴자들, 도로 위에 점점이 보이는 1990년대의 캠핑카들. 회전 교차로 몇 개를 지나니 드디어 비아 델리드로스칼로via dell'Idroscalo가 나온다. 길을 무척 좋아했던 파졸리니가 죽기 전 마지막으로 본 길이다.

파졸리니는 1975년 만성절 이튿날에 지금 내가 걷는 이 길을 걸었다. 산 로렌초San Lorenzo 가街에 있는 포미도로Pommidoro에서 저녁 식사를 하고, 피노 펠로

시Pino Pelosi를 만나러 테르미니 아케이드로 간다. 그리고 주위를 꼼꼼히 훑으며 비아 델리드로스칼로에 다다른다. 시인이자 영화인이자 평론가인 피에르 파올로 파졸리니Pier Paolo Pasolini는 이곳에서 쫓기는 짐승처럼 죽었다. 11월 2일 일요일 아침, 마리아 테레사 롤로브리지다Maria Teresa Lollobrigida와 벽돌공인 그녀의 남편 알프레도 프린시페사Alfredo Principesa가 시체의 잔해를 발견한다. 그녀는 여러 신문사에 이렇게 말한다.

맨 처음 시신을 발견한 건 저예요. 집에 도착했는데 문 앞에 뭐가 보였어요. 저는 쓰레기라고 생각하고 제 아들 지안카를로에게 이렇게 말했지요. "저것 좀 봐. 망나니 같은 놈들이 우리 집 앞에 쓰레기를 갖다 놨네." 어떻게 치워야 하나 보려고 다가갔다가, 웬 남자의 시신이라는 걸 알게 되었어요. 머리가 깨져 있었고, 머리카락은 온통 피범벅이었으며, 두 손이 접힌 채 바닥에 얼굴을 대고 있었어요. 옷도 제대로 입고 있지 않았고요. 초록색 짧은 소매 내의에 자동차

기름때가 묻은 청바지, 발목까지 올라오는 갈색 구두를 신고 있었고, 허리에는 갈색 벨트가 매어져 있었어요. 저는 차를 돌려 당장 경찰에 알리러 가자고 남편에게 말했지요. 우리는 6시 40분에 경찰서에 도착했어요.[3]

누가 파졸리니를 죽였을까? 파졸리니의 책에 마치 왕자처럼 등장하는 로마 변두리의 청년 피노 펠로시일까? 파졸리니를 몹시도 사로잡았던, 암울하지만 활기 넘치는 현실을 살아가던 그런 청년? 청년들 무리가 저지른 청부살인이었을까?… 신문기자 파올로 그랄디 Paolo Graldi가 〈일 메사제로Il Messaggero〉[4]에 썼듯이, 파졸리니의 죽음은 1970년대 이탈리아의 "풀리지 않는 수수께끼의 대성당" 같은 건축물에 돌 하나를 더한 셈이다.

---

3) 엔초 시칠리아노Enzo Siciliano가 《파졸리니, 어떤 삶Pasolini, una vita》에 인용한 글.
4) 1878년 12월에 창간된, 로마를 본거지로 하는 이탈리아의 일간지(一옮긴이).

비아 델리드로스칼로. 나는 웬 늙은 남자가 걸어가는 모습을 바라본다. 남자는 손으로 자전거를 잡고 있다. 길 양편에는 녹슨 철조망 울타리가 있다. 철조망 울타리는 흔들거리는 나무 말뚝으로 지탱되며 늪지 식물과 키 작은 나무 몇 그루 위로 내려앉고 있다. 길은 상태가 나쁘다. 금 간 아스팔트가 배의 피신처인 수상 기지까지 이어져 있다. 수리하려고 들어올려놓은 요트들, 촘촘히 정박된 범선들이 보인다. 바람에 흔들리는 밧줄이 벌거벗은 돛을 때려 소리를 낸다. 갑자기 왼편에서 철문 하나가 정원 쪽으로 열린다. 바다로 이어지는 무성한 풀밭 주위에 문이라고는 그것 하나뿐인 것 같다. 파졸리니가 살해된 자리는 정원으로 변해 있다.

마른 잔디밭과 포석이 깔린 작은 오솔길을 지나자, 2005년에 세워놓은 묘석이 보인다. 흰 돌은 음반 모양이고, 그 위로 새 같은 형상이 솟아 있다. 원반은 아마도 누군가의 얼굴인 모양이다. 잘 모르겠다.

파졸리니를 추모하는 천진한 기념물들과 정원은 그
가 살해된 더러운 세계를 폭로하지 않는다. 그러나 오
스티아는 그 세계를 짐작하게 한다. 무엇보다 정원을
몇백 미터가량 지나 수상 기지 뒤쪽에서, 나는 그의 죽
음이 일어났을 풍경을 발견한다. 이 도시의 낡아빠진
건물들은 사라지고 없다. 나는 콘크리트 빈민굴에 발
을 들여놓는다. 집들은 빈민을 위한 피신처이다.

허름한 가건물들 뒤에서 넓은 공터가 바람을 맞고
있다. 다른 바닷가였다면 밀물이 오래전에 집어삼켰
을 것이다. 시커먼 우회도로가 박자 맞춰 바위에 부
서지는 혐오스러운 검은 바다를 공터와 갈라놓고 있
다. 그 공터로 들어서는 입구에, 머리가 잘려나가고 없
는, 마치 나병 환자 같은 동정녀 마리아 상이 서 있다.
플라스틱 타는 냄새가 떠돌고, 땅은 절망이 그곳에 버

린 물건과 유리 파편들을 품고 있다. 장터의 그네, 뒤집힌 장난감 자동차 한 대, 타이어 몇 개, 터진 풍선 하나. 축구 골대 하나가 아직 서 있다. 옆으로 흔들려 골대 천장이 오른쪽으로 기울어졌다. 나는 이 뜻밖의 전경이 파졸리니의 생애 마지막 풍경과 닮았으리라 짐작한다. 해변에서 아이 한 명이 나무토막을 줍고 있다. 아이는 이방인 보듯 나를 바라본다. 여기서 나는 분명 이방인이다. 나는 여기서 무얼 하고 있나? 이곳에는 할 일이 아무것도 없다.

몇 미터 떨어진 곳에 자리한 카페에서 에스프레소와 화이트 와인을 마실 수 있다. 그 밀폐된 공간에 들어서니 생기가 조금 느껴진다. 바닥 그리고 정원의 플라스틱 식탁 위 등 곳곳을 모래가 점령했다. 미니축구 기계도 모래 때문에 삐걱거린다. 나는 커피 한 잔을 주문하고, 텅 빈 비아 델리드로스칼로를 바라본다. 단골 손님 몇 명이 팔꿈치를 괸 채 바에 앉아 있고, 지독한 냄새를 풍기는 개 한 마리가 무리 가운데서 아는 얼굴을 찾고 있다.

나는, 그와 참으로 동떨어진, 파리에 사는 스물세 살의 대학생인 나는 왜 이제는 그가 없는 이곳에서 아직도 그를 찾고 있을까? 일평생 떼밀리고 뒤흔들린 한 인간에 대한 매혹, 책을 통해 내 안에 고통스러운 감동을 안긴 한 시인에 대한 매혹 때문만은 아니다. 다른 뭔가가 있다. 어쩌면 파졸리니가 탁월하게 묘사한, '사는 고통'에 고문당하는 '삶의 욕구' 때문인지도 모른다. 그리고 변해가는 사회를 내다보고 그가 던진 발언들도 있다. 지금 보면 참으로 적확한 발언이다. 나에게는 순교자와 극단주의자들에게 끌리는 천진한 취향이 있다. 나는 파졸리니에게서 자기번민 그리고 그를 경멸하는 이들에게 내맡겨진 작가를 보았다. 순수와 죄악에 줄곧 유혹당하는 인간을 보았다. 또한 그의 숱한 시적 호소에서 나 자신을 보았다. 그의 호소는 신비스러운 도약을 닮았다. 나는 신을 향해 그리고 신에 맞서 외치는 목소리를 발견했다. 그 목소리는 나를 앞질러 이렇게 외쳤다. "마음속으로 우네De Profundis, clamavi."

내가 파졸리니를 사랑한 건 문체에 대한 취향 때문

만은 아니다. 나는 그의 언어를 완전히 숙달하지 못했다. 그가 책에 쓴 모든 것이 내 마음에 들 거라고 생각할 만큼 순진하지도 않다. 나는 지루한 독서를, 너무도 괴리감이 느껴지는 독서를 경험했다. 그러나 《페트롤리오Petrolio》 혹은 《테오레마Teorema》의 한 문장에 나는 황홀경에 빠져들었다. 발칵 뒤집혔다.

나에게 말을 건 그는 역설의 인간이요, 생각을 뒤흔드는 자요, 달력에 없는 성자다. 과도한 말이라고? 물론 그렇다. 파졸리니를 읽으면서 나는 과도함을 믿게 되었다.

나는 파졸리니의 생애의 거북한 현실을 보여주기 위해 떠나왔다. 1950년대에 학교 교사였던 그는 21세기의 청년들에게도 여전히 가르침을 준다. 그는 이런저런 사건들에 휘둘리는 요즘 아이에게, 아이가 다른 사람들과 유사하기를 바라는 사회 속에서 다른 모든 사람들과 비슷한 요즘 아이에게 말을 건다. 파졸리니는 여전히 교사이고, 나는 그의 학생이 되기로 마음먹었다. 그가 생애 말엽에 펴낸, 주로 신문에 실린 칼럼을 묶은 책인 《루터교인의 편지Lettere Luterane》 속 조언 하나가 나를 사로잡았다. 그 조언은 나에게 일종의 응답송이 되었으며, 나를 화나게 해서 이 여행을 결심하게 만든 말들 중 하나이기도 하다.

이런 이유들 때문에 너는 이걸 알아야 해. 너에게 주려는 가르침에서 나는 가능하면 모든 성스러움을 벗겨내도록, 이미 정립된 감정에 대한 존중을 깡그리 무시하도록 너를 부추길 거야. 그러나 내 가르침의 본질은 네가 성스러움과 감정을 두려워하지 않도록 설득하는 것이 될 거야. 소비사회의 세속주의가 인간을 물신숭배자로, 추하고 어리석은 자동인형으로 만듦으로써 박탈해버린 감정을.[5]

파졸리니의 흔적을 좇아 떠나는 일은 내가 얼굴을 볼 수 없는 이 대가大家를 이해하는 한 방법이다. 그래

---

5) 피에르 파올로 파졸리니, 1975년 3월 13일, 《루터교인의 편지》.

서 나는 프리울리Friuli부터 로마까지, 이 얼굴을 만든 장소들을 만나고 싶다. 가는 곳마다 사람들은 그 장소들이 많이 변했다고 말했다. 그러면 나는 대개 영혼은 변함없이 남는다고 대답한다. 나는 사라진 현실을 되찾겠다고 헛되이 땅을 파러 온 것이 아니다. 한 가족이 올라탄 베스파 스쿠터, 공터에서 축구 하는 아이들, 길모퉁이에 세워놓은 망가진 피아트 자동차 몇 대, 승강기 없는 계단통. "핀볼과 울부짖는 주크박스"[6]의 로마. 나는 파졸리니가 쓸어버린 장소들, 오늘날 그들의 현실로 채워진 장소들로 간다. 그 장소들은 여전히 말을 하지만, 다른 언어로 말한다. 그것들은 다른 이미지를 보여주며, 과거와는 동떨어졌다. 아무래도 좋다. 현실은 시간과 더불어 하루하루 흘러가는 것, 우리가 멸시조로 '일상'이라 부르는 것이기도 하니까.

파졸리니에게 가까이 다가가기 위해, 나는 그와 알고 지냈던 사람들에게 편지도 써보냈다. 여러 만남을

---

6) 피에르 파올로 파졸리니, 《로마 이야기Racconti Romani》.

만들었다. 파졸리니의 사촌 여동생이 보내온 편지에서 나는 중요한 사실 하나를 떠올렸다. 그라치엘라 키아르코시Graziella Chiarcossi가 그와 함께 살았으며, 그녀가 그날 오스티아의 수상 기지로 그를 실어갈 자동차 알파 GT를 세차했다는 사실 말이다. 내가 출발하기 전, 그녀는 나에게 이런 편지를 보내왔다. "파졸리니를 아는 데 도움이 될 모든 것은 그의 작품 속에 있어요. 그의 글에는 비밀이 없어요."

내가 파졸리니에 관해 아는 건 모두 그의 작품에서 읽은 것이다. 그러나 읽는 것만으로는 충분하지 않다. 우리는 우리의 스승들에 대해 읽고 알려고 숨 가쁘도록 애쓴다. 내 경우엔 어느 작가와 혼연일체가 되려면 그의 언어가 스친 장소들을 확인하고 접촉해야만 한다. 책을 읽으며 받은 감동은 잠시 접어두었다. 그 감동은 프랑스에 잘 보관해두었다. 어떻게 하면 이 부재하는 사람 곁에서 살 수 있을까? 뭔가 흡족치 못해서, 나는 그 영혼의 인도자를 찾아 파졸리니의 길 위로 떠났다. 새로운 세기의 갈 길 잃은 우리 영혼들을 이끄는

지도자를 찾아서.

나는 커피를 삼킨다. 한 모금만 마셔도 그 열기가 나를 태우는 듯하다. 나는 오스티아에서 달아난다. 죽음을 내 뒤에 남겨두고. 파졸리니에게서 나를 가장 덜 매혹하는 것이 죽음이다. 나는 내가 잘 알지 못하는 이 이탈리아에서 만남들에 이끌려 덜컹거리며 떠나고, 파졸리니의 글에 끝없이 빠져든다. 해안을, 정면에 곰팡이가 슬고 색 바랜 건물들을 다시 떠난다. 파졸리니는 자동차로 이탈리아 해안을 따라 했던 여행에 관한 햇빛 찬란한 이야기《긴 모랫길La lunga strada di sabbia》중 1959년 7월 오스티아에 들어서는 장면에 대해 이렇게 썼다.

죽음처럼 푸른 폭우를 맞으며 오스티아에 도착했다. 고삐 풀린 물이 천둥과 번개 사이로 날뛴다. 피서객들은 바에 빼곡히 들어앉아 조그만 소리에도 꼬리를 바짝 내린다. 텅 빈 해수욕장 건물들이 유난히 커 보인다.[7]

7) 피에르 파올로 파졸리니,《긴 모랫길》.

1부

1

파졸리니를 더 잘 알기 위해 프리울리 지역을 꼭
볼 필요는 없다. 로마면 충분하다. 이탈리아의 크뢰즈
Creuse[8] 같은 곳, 여행 안내 책자에서 지워진 이 음울
한 지역에서는 할 일이 아무것도 없다. 떠나기 전, 나
는 이 근엄한 시골은 피하라는 조언을 들었다. 소용없
는 조언이었다. 결국 이곳에서 내 시간을 허비할 테니.
이곳은 무엇 하나 예전 같지 않다. 연표에 나오는 몇

---

8) 프랑스 중부 지역에 있는 도시(―옮긴이).

가지 지표를 참고해 나는 파졸리니가 카사르사Casarsa[9]에 겨우 10년쯤 머물렀다는 사실을 알아냈다. 볼로냐에서 대학을 다닐 때 처음 이곳에서 방학을 보냈고, 1941년에 완전히 이곳에 정착했다. 그로부터 9년 뒤에는 이미 이곳을 떠나고 없었다. 그렇지만 나는 파졸리니를 깊이 읽으면서 이탈리아 북부의 이 지역에 관해 알게 되었다. 그는 이곳에서 처음 주현절을 보냈다. 그가 살던 동네로 이어지는 길 위에서 그는 엄청난 고통을 겪는다. 동생 귀도를 잃는 비통한 아픔, 그리고 권위적인 동시에 나약했던 아버지의 폭력을 경험한다. 또한 카사르사 인근 소년들과 성관계를 가진 뒤로 '정신적 수치심' 때문에 유폐를 경험한다. 그러나 파졸리니의 가장 강력한 시들은 프리울리에서 쓰였다. 자신의 현실을 표현한 소설 몇 편, 편지들, 성인이 되어가는 소년의 감수성, 이 모든 것도 알프스 남부 지역에 우뚝 솟아 바다로 이어지는 이 시골에서 쓰이고 형성

---

9) 프리울리 지역에 있는 마을(―옮긴이).

된다. 나는 그 삶의 조각들을 모으고 싶었다. 어쩌면 헛된 시도일지도 모른다. 그러나 파졸리니가 1967년 페사Pesa 축제에서 한 말을 읽으면서 나는 프리울리와 그 과묵한 촌락들이 나의 퍼즐을 다시 맞추는 데 도움이 되리라 생각했다.

내가 죽고 난 뒤가 아니라면, 그 누구도 나를 제대로 안다는 확신을 갖지 못하리라. 다시 말해 내 행위에 어떤 의미를 부여할 수 있다고 확신하지 못하리라. […] 죽음은 우리의 삶을 전격적으로 조립해낸다. 삶에서 가장 의미심장한 순간들을 고르고 […] 끝과 끝을 붙여서, 무한하고 불안정하고 불확실한 우리의 현재를 […] 명료하고 안정적이며 확실한 과거로 만든다 […].

밭고랑이 눈에 띄는 카사르사는 '의미심장한 […] 순간들'을 잔뜩 머금은 땅이 아니던가? 이런저런 조언들일랑 무시하고 나는 떠난다.

1월의 프리울리는 벌거벗은 몸 같다. 포도밭의 고장인 이곳의 도로변에는 잎 떨어진 포도밭뿐이다. 포도나무들은 마치 땅에 꽂힌 단도 자루처럼 보인다. 나무들이 모두 헐벗어 색채 없는 풍경을 그려낸다. 말라빠진 숲의 창살 너머로 풍경이 보인다. 잎은 이제 존재하지 않는다. 겨울의 태양은 독피지에 가려진 것처럼 희뿌옇다. 그 햇살이 공기의 요정처럼 가볍게 살갗을 스친다. 포도밭은 지평선을 향해 달려간다. 계곡 위에 시커먼 부동不動의 그림자처럼 자리한 알프스 산줄기 아래로. 만년설이 솜털 같은 하얀 하늘과 뒤섞인다. 파졸리니의 어머니 수산나 콜루시Susanna Colussi의 조상은 14세기에 프리울리에 뿌리를 내렸다. 교양 있는 여성 수산나는 비밀리에 소설 한 편을 썼고, 그 소설에서 자신의 조상들 그리고 유년기의 첫 기억들에 관해 이야기했다. 프리울리가 상상의 땅, 의미의 땅으로, 파졸리니의 텍스트들에서 결정적 세계가 되는 시골 마을로 등장하는 전원소설이다. 수산나의 집에서 발견된 자료들이 《내 기억의 영화Il Film dei miei ricordi》[10]를 탄생시

켰다. 소녀 수산나가 오빠 첸틴Centin과 풀밭에 앉아 대화를 나누고 있다. 첸틴이 눈이 오면 늑대들이 산에서 내려온다고 말한다. 그러자 수산나가 묻는다.

"산이 어디 있는데?"

"저기, 봐."

첸틴이 팔을 뻗어 지평선 멀리의 점 하나를 가리킨다. 그곳에는 뾰족하거나 둥글둥글한 능선이 이어져 있다.

"저건 구름이잖아. 짙은 파란색 구름이 조금 더 옅은 꼬리를 달고 있는 거야, 안 보여?"

"산이라니까."

"그럼 풀과 나뭇잎과 길도 모두 파란 거야?"

이 대화는 구름과 땅이 뒤섞인 배경에서 사는 프리

---

10) 직역하면 '내 기억의 영화'가 되는 이 제목은 프랑스어로는 《소설 같은 가족 Une famille romanesque》으로 번역되었다.

울리 아이들의 상상세계를 잘 보여준다. 카사르사의 길은 요즘도 황량한 긴 밭과 땅을 타르타르 스테이크처럼 갈아 엎어놓은 기름진 초원을 갖춘 농촌 풍경을 보여준다. 파졸리니는 로마에 살 때 카사르사를 방문하면서 프리울리가 변한 것을 이미 확인했다. 그런데도 카사르사에 도착했을 때 내 머릿속에 각인된 첫 번째 이미지는 땅을 갈고 있는 아버지와 아들의 이미지였다. 시골스러움은 뿌리 깊은 현실로 남아 있다. 1963년 파졸리니는 농부, 촌놈, 별 볼 일 없는 사람의 아들들에 관해 이렇게 썼다.

머슴들의 투박한 세계에도

아들들이 자란다.

백부장의 아들도, 관리의 아들도 없고,

등기소나 세무서 직원의 아들도 없지만,

수세기가 축적되면서

멸종 위기에 처한

진짜 토착민의 아들들은 있다…[11]

지금은 파졸리니 연구센터와 가족의 유적으로 분할된 콜루시 가문의 집 앞에서, 나는 안드레아를 만났다. 안드레아 역시 대학생이고 카사르사에서 100킬로미터가량 떨어진 알프스 남부 지역의 작은 마을 출신인데, 그가 나에게 파졸리니의 프리울리를 보여주겠다고 제안했다. 파졸리니의 삶과 책의 세계가 뒤섞여 있는 곳을. 안드레아는 과묵하고 다정한 성격으로 산악지대 청년답게 체격이 다부졌고, 마르코 판타니Marco Pantani처럼 얼굴선이 섬세했다. 바짝 짧게 깎은 머리에 구릿빛 피부, 해적 같고 흑염소 같다. 그는 정확한 이유도 없이, 전격적인 발견도 없이 자연스레 파졸리니에게 빠져들었다. 무슨 의무라도 되는 양. 우리로선 어쩔 도리가 없다. 사람들은 그에게도 나에게도 이렇게 물었다. 파졸리니를 향한 그 홀림은 도대체 어디서 온 거지? 마치 우리가 책장을 넘기다가 문득 보물이라도

---

11) 1963년 7월 20일, 르네 드 세카티René de Cecatty가 '박해La Persécution'라는 제목으로 모은 시들 중 〈금작화 왕국Royaumes de genêts〉이라는 시.

발견한 것처럼. 우리는 그냥 걷다가 보물에 걸려 넘어진 것이다. 그런 다음 뒤숭숭한 마음으로 휘청거리며 다시 일어섰고, 앞으로 살면서 파졸리니에게 기댈 수밖에 없으리라는 걸 깨달았다. 설명할 것도, 요약할 것도 없다. 그저 파졸리니라는 이름을 들으면 그에 대해 이야기하고 싶어 달뜬 마음으로, 죽을 것 같은 갈증을 품고 그의 책에 달려들었을 뿐이다. 나는 첫눈에 반한다는 것을 믿지 않는다. 안드레아도 마찬가지이다. 열정은 고통과 함께 얻어지는 어떤 것이고, 고통은 살갗 1밀리미터 아래로 미끄러져 들어와 우리를 신경쇠약 환자로 만든다. 기진맥진한 우리는 그 고통을 양식으로 삼고, 매일 점점 더 허기를 느낀다. 안드레아는 모든 점에서 나와 달랐지만 나의 갈증에 공감했다. 우리는 같은 물병의 물을 마신 것이다.

안드레아는 카사르사의 파졸리니 연구센터를 관리하는 안젤라Angela와 함께 왔다. 60세가 넘은 이 왜소한 여성은 프리울리에서 파졸리니를 추모하는 데 일상을 바치고 있다. 안젤라는 금발로 염색한 짧은 머리

모양을 하고 있다. 그녀는 선글라스를 코에 걸치거나 손에 들고 흔들며 자신이 생각하는 것 이상으로 능숙하게 프랑스어를 말한다. 우리는 두 언어를 섞어 쓰고, 안드레아는 그녀가 몇몇 장소를 보고 혼자만 간직할 수 없어서 쏟아내는 열정적인 독백을 나에게 통역해준다. 그녀는 파졸리니의 친구이자 작가 알베르토 모라비아Alberto Moravia의 첫 번째 부인인 다차 마라이니 Dacia Maraini가 운영하는 파졸리니 추모위원회에 속해 있는 것을 자랑스러워한다. 그러나 오만함은 전혀 보이지 않는다. 그녀는 재빨리 파졸리니의 삶을 떠올린다. "그는 겸손의 거장이에요."

안젤라와 안드레아는 이곳 프리울리에서 나의 안내자가 되어줄 것이다. 이곳은 그들의 땅이고, 그들이 무한한 애정을 쏟는 곳이다. 모든 것이 시간 여행이 된다. 1940~1950년대를 오가는 여행, 파졸리니가 건축한, 그가 스스로 세워낸 장소들과의 만남이 된다. 이미 그는 스물한 살 때 카사르사에서 친구 루치아노 세라 Luciano Serra에게 이렇게 쓴다.

나는 무한한 신화들을 만들었어. 지금까지 존재하지 않던 장소들에 대한 전설적인 이야기를 지어냈어. 언젠가는 사람들이 이 이야기의 가치를 인정해주길 희망해…[12]

하루의 매 시간마다 모든 것이 한결 투명해진다. 나는 내 질문들에 대한 답을 찾고, 파졸리니의 이야기에 씌워진 베일을 벗길 것이다. 프리울리에서 10년가량 유배 생활을 한 뒤 1959년 로마에서 쓴 편지에서 그는 자신의 뿌리를 되돌아본다.

[…] 나는 북부에서 살고 자랐으며, 관계에 대한 최초의 욕구를 길렀다. 그 밖의 것에 대해서는 내 조상들이 모두 라벤나Ravenna와 프리울리 출신일까 봐 걱정이다.[13]

---

12) 1943년 6월 4일, 카사르사에서 루치아노 세라에게 보낸 편지, 피에르 파올로 파졸리니, 《서간집Correspondance générale》 중.
13) 1959년 5월 15일, 마리오 콘스탄초Mario Constanzo에게 보낸 편지, 같은 책.

나는 그의 편지에서 그가 카사르사와 프리울리에 품은 모순된 감정을 발견했다. 사랑은 혐오로 변했지만, 뿌리와 기원의 평온, 모든 것이 다시 사랑으로 변하고 움직이지 않는 그 과거에 대한 홀림은 여전하다. 파졸리니의 아버지, 카를로 파졸리니Carlo Pasolini는 라벤나의 빈털터리 귀족 가문 출신이다. 그는 부대 주둔지였던 카사르사에서 수산나 콜루시를 만났다.

콜루시 가족의 집은 수산나의 언니 엔리체타Enricetta가 운영하던 가족 잡화점, 그리고 황량한 공간인 카사르사의 중앙 광장이었다. "우물 하나와 물뿐이었죠." 안젤라가 말한다. 그녀는 이탈리아어와 프랑스어가 뒤섞인 달콤한 언어로 말하다가 흥분하면 내 팔을 붙잡는 버릇이 있다. 우리는 카사르사 역 앞을 지나가고 있다. "이제 산타 크로체Santa Croce 성당을 보러 가요."

***

살해가 일어나고 5일 뒤인 1975년 11월 6일, 파졸리니의 시신이 프리울리로 돌아온다. 장례식은 7일에 카사르사에서 치러졌다. 하룻밤 동안 가족과 친구들이 산타 크로체 성당에서 교대로 관을 지켰다. 그들은 마을의 최고 원로들이 저녁마다 외양간에 모여 의논을 하거나 묵묵히 침묵을 지키던 시절처럼 밤샘을 했다. 나는 오늘날 성당 안에 들어서면 만나게 되는 침묵과 똑같은 침묵을 상상해본다. 안젤라가 이웃에게서 열쇠를 받아 나에게 건네며 직접 자물쇠를 열어보라고 권한다. "해보세요, 해봐요! 그 영광을 당신한테 넘길 테니." 우리 세 사람은 장소에 대한 내밀한 눈길을 공유하지만, 안젤라와 안드레아는 매번 나 혼자 어떤 장소를 먼저 발견하도록 고집스레 떠민다. 그들은 내가 내디딜 걸음을 안다. 자신들이 처음 이곳을 방문했을 때의 기억을 간직하고 있으니까. 나는 벽 안쪽과 바깥쪽이 모두 밝은 생사生絲 빛깔인 예배당 안으로 들어갔다. 빈 성수대, 시골 예배당의 정적, 축축한 돌 냄새, 줄지어 놓여 있는 신자석에서 나는 왁스칠한 신선한 나무 냄새. 햇살이 창 너머에서 흘러든다. 햇살은 성가

대석을 장식하는 프레스코 벽화 위에서 알알이 부서
진다. "저 돌 좀 봐요". 안젤라가 나에게 다가와 속삭
인다. "이리 와봐요." 벽에 상감된 직사각형 모양의 돌
멩이 하나에 1529라는 날짜가 새겨져 있다. 성당이 설
립된 뒤 거기에 새겨진 그 숫자는 터키의 동유럽 침략
을 환기한다. 카사르사는 터키인들의 공격을 면했고,
그래서 신께 감사하는 뜻으로 마을에 성당을 세운 것
이다. 파졸리니는 이 돌을 보고 영감을 받아 1944년
에 《프리울리의 터키군I turchi in Friuli》을 썼다. 그때 그
의 나이 스물두 살이었다. 파졸리니는 자주 산타 크로
체 성당에 와서 폼포니오 아말테오Pomponio Amalteo가
그린 프레스코화들을 바라보곤 했다. 그리고 화가 아
말테오에 관해 박사논문을 쓰고 싶어 했다. 파졸리니
는 유년기부터 죽을 때까지 그림, 연극, 영화를 불문
하고 모든 예술 표현에 매료되었다. 《프리울리의 터키
군》에서 그는 적이 그 지방을 점령하는 비극 한 편을
상상한다. 마을은 기도를 통해 저항하고 싶어 하는 사
람들―늙은이들―과 싸우고 싶어 하는 사람들―젊

은이들―로 나뉜다. 두 형제는 각기 다른 저항의 길을 선택한다. 언어를 통해 싸워야 할까? 아니면 자기 육신을 싸움에 내놓아야 할까? 프리울리 방언으로 쓰인 이 작품은 파졸리니 가족이 처했던 상황과 나치 점령에 대한 하나의 은유이다. 피에르 파졸리니는 글을 씀으로써, 그리고 어머니와 함께 가르침으로써 저항한다. 그러나 그의 동생 귀도는 가만있지 못한다. 끓는 피를 주체 못하고 싸우고 싶어 전율한다. 아버지 카를로 파졸리니는 감옥에 갇혔고, 귀도는 아버지에게 보내는 편지에서 자원입대하고 싶다고 말한다. "너무도 자주 그러고 싶은 열정에 이끌려요." 이미 그는 마을의 몇몇 청년들과 함께 밤에 카사르사와 인근 담벼락에 다음과 같은 낙서를 해댔다.

때가 되었다

귀도는 결국 카사르사를 떠나 공산주의자들 쪽 저항군에 가담한다. 그리고 저항군 대원들과 내부 싸움을 벌이다가 1945년 2월에 살해당한다. 파졸리니와 그의 어머니는 봄이 되어서야 이 사실을 알게 된다. 파졸리니는 친구 루치아노 세라에게 보낸 편지에 그 죽음이 "무섭도록 거대한 산" 같다고 쓴다. "우리보다 월등히 나은 아이였는데."[14)]

동생의 죽음을 예감이라도 한 듯, 그는 《프리울리의 터키군》에서 싸우러 떠난 청년의 죽음을 그렸다. 이 작품은 한 집안의 비극, 평온하던 중 발칵 뒤집혀 상처를 드러내는 마을의 집단적 비극 이야기이다. 안젤라는 프리울리에서 산 파졸리니의 삶과 유사한 '기독교적 비극'이라고 짚어 말한다. 복사服事가 흔드는 향로, 저녁 미사의 종소리, 사제에게 건네는 포도주 병이 부딪치는 소리에 끌리거나 역겨워하는 파졸리니는 '그리스도'라는 말로 《프리울리의 터키군》을 시작하고 '아멘'이라는 말로 마친다. 이 작품은 그가 죽고 난 뒤에

---

14) 1945년 8월 21일, 베르수타Versuta에서 루치아노 세라에게 보낸 편지, 《서간집》중.

야 출간된다. 모든 것이 산타 크로체 성당에서 종교적
으로 관찰한 돌멩이 하나에서 나왔다. 그는 무의미한
돌멩이들에서 숱한 이야기들을 벼려냈다. 만약 안젤라
가 없었다면, 나는 그 말이 새겨진 돌을, 작은 메신저
포석을 스쳐 지나갔을 것이다. 거기에는 허구의 드라
마, 허구 속에 뒤얽힌 은유의 드라마, 피에르 파올로와
귀도의 실제 비극이 한데 섞여 있다. 그런 장소에 신이
존재한다는 것을 믿든 믿지 않든, 시골의 예배당들에
서는 영감의 원천이 되는 숨결을 느낄 수 있다. 돼지나
거기서 아무것도 느끼지 못할 것이다. 파졸리니의 삶
은 예배당들의 이야기이기도 하다. 그는 예배당의 고
독을 함께 나누고, 색이 바래가는 프레스코에 빠진다.
프리울리는 예배당들로 불타오른다. 예배당이 없는 마
을은 존재하지 않는다. 예배당의 오르간은 종종 제단
화처럼 열려 새로운 성화聖畵들을 드러낸다. 고문의 수
레바퀴를 붙들고 있는 카테리나 성녀, 방금 고문당한
사도 바울, 행복한 성모 혹은 〈피에타〉, 승천…. 그 밖
의 숱한 기호와 상징들을 파졸리니는 작품 속에 재현

한다. 청소년기에 파스텔로 그린 카사르사의 좁은 예배당부터 이탈리아 전역에 폭로된 〈마태복음Il Vangelo Secondo Matteo〉의 그리스도까지, 나는 그에게서 신을 향한 열망을 느꼈다. 묵주 알처럼 하나씩 넘겨지는 종이와 필름 조각들. 신神, 근사하거나 비극적인 가능성. 흐릿한 방향점. 프리울리의 그리스도는 전통의 그리스도다. 로마에서 나는 그리스도를 전통에 대한 향수이자 혁신을 대표하는 인물로 느꼈다. 파졸리니는《로마 이야기》에서 이렇게 말한다.

살려면 싸워야 하며, 신비란 존재하지 않는다. 고통받는 것이 당연하니 견뎌야 한다. 그러면서 분노를 품고라도 적응해야 한다. 어쩌면 신은 존재하는지 모른다. 기독교의, 가톨릭의 신. 그 신을 초와 기도로 달래야 한다. 그리고 잘 맞춰나가야 한다. 우리는 여기 이 땅 위에서 보상 받거나 벌을 받는다.[15]

---

15) 피에르 파올로 파졸리니,《로마 이야기》.

나는 산타 크로체 성당의 문을 수줍게 다시 닫는다.
아무도 깨우지 말아야 한다. 특히 프레스코 벽화들을
깨우지 말아야 한다.

2

'집 열 채의 마을' 베르수타까지 고작 몇 킬로미터
밖에 남지 않았다. 베르수타의 또 다른 성당 산탄토
니오 아바테Sant'Antonio Abate의 윤곽이 보인다. '감미
로운 성당'이라며 안젤라가 미소 짓는다. 독일 점령기
동안 파졸리니와 그의 어머니는 이곳에 정착한다. 베
르수타 길에서 안젤라가 그들이 살았던, 지금은 누렇
게 변한 어느 집의 창문을 손가락으로 가리킨다. 지방
도로는 뽕나무들로 둘러싸인 산탄토니오 아바테 성당
의 품속으로 달려든다. 프리울리 곳곳에 뽕나무가 있
다. 겨울이 되면 뽕나무들은 나뭇잎을 떨구고 그루터
기만 남아 날이 화창해질 때까지 누에들의 먹이가 된

다. 갈대에 진흙이 쌓여 고여 있는 시냇물이 보인다. 안젤라는 저 시냇물의 이름이 '라 비에르사la Viersa'라고 나에게 알려주어 그것의 명예를 드높인다. 베르수타라는 지명을 제공한 건 흙탕물에 사는 물뱀이다. 우리는 다시 한 번 어느 농가에 들어가 성당의 열쇠를 달라고 청한다. 개가 짖는다. 우리는 인사와 포옹을 나눈다. 문이 닫힌다. 베르수타와 프리울리 마을의 집들은 대부분 건물 정면과 바닥에 탈리아멘토 강의 자갈이 포석으로 깔려 있다. 크기가 일정하지 않은 자갈들이 곳곳에 박혀 있다. 탈리아멘토 강은 베르수타에서 몇 킬로미터 떨어진 곳에 흐르고, 그 퇴적층이《무언가에 대한 꿈Il Sogno di Una Cosa》,〈불순한 행위Atti Impuri〉,《카사르사의 시Poesie a Casarsa》등 파졸리니가 프리울리에서 쓴 글 곳곳에 자리하고 있다. 폭우가 쏟아지는 날에는 강물이 범람하고, 날이 가무는 여름 오후에는 불에 탄 듯 메마른 강을 볼 수 있다. 더위 먹은 사내아이들이 그곳에서 멱을 감는다. 강기슭에서 우리는 취한다. 나는 탈리아멘토 강변의 황량한 모래밭을 걸었다. 알프스가 시작되는 카르니아Carnia[16]의 첫 비탈들까지 끝없이 쌓인 동글동글한 자갈들 사이로 가느다란 물줄기가 흐른다. 그 물줄기가 억수같이 범람해서 계곡으로 질주한다고 생각하려면 대단한 상상력이 필요하다.

하지만 이곳에는 사방에 물이 있고, 파졸리니의 글에서 물이 차지하는 위치는 중대하다. 처음부터 끝까지. 여기서 물은 프리울리에서 그가 보낸 세월의 순결성, 목가적 삶의 순수성을 보여준다. 탈리아멘토 강은 이 지역을 두 개의 방언으로 갈라놓는다. 물의 특성을 띤 파졸리니의 글은 방언을 발견하면서 폭발한다. 그가 창조해낸 그 멋진 언어는 그의 평생의 투쟁이 된다. 파졸리니는 친구들인 바이올린 연주자 피나 칼츠Pina Kalz, 사촌 니코 날디니Nico Naldini, 화가 페데리코 데 로코Federico De Rocco 등과 함께 카사르사의 언어를 일깨운다. 그들은 놀라운 도구를, 하나의 세계를 발견한다. 파졸리니는 시인이 방언을 말하기 시작하면 그 방

---

16) 프리울리의 산악지대.

언은 언어가 된다고 주장한다. 그는 프리울리 방언으로 내뱉는 모든 단어들로 시를 창조했다. 모든 문장이 찬사가 되는 듯하다. 어린아이들의 이야기는 흰 자갈 위로 범람하는 탈리아멘토 강물처럼 투명하고 긴 랩소디로 변한다.

파졸리니가 '프리울리 언어 아카데미'를 만든 것도 베르수타에서다. 이 아카데미는 모두에게 문을 연 언어 작업실이다. 누구라도 함께할 수 있다. 방언을 위한 이 투쟁은 점령기 동안에는 파졸리니의 저항운동이 되며, 일평생 이어질 투쟁의 출발점이기도 하다. 이 아카데미에는 냉이 한 뿌리를 그린 문장紋章도 있고, 가장 가까운 도시 산 비토San Vito에서 인쇄한 창립증서도 있다. 그 창립증서에는 프랑스어와 이탈리아어가 "극도의 고갈 단계에 다다른 것처럼 보이는데 […] 그에 반해 우리 언어는 아직 투박한 순수성을 간직하고 있다"[17]고 명시되어 있다.

---

17) 엔초 시칠리아노, 《파졸리니, 어떤 삶》.

로마에서 그가 하는 주된 활동은 변두리의 언어를 발견하는 일이 된다. 방언의 존속을 위해 애쓰는 것은 덜 떨어진 사람들이나 하는 투쟁처럼 보인다. 영어는 곳곳에서 사용되지만 어디에서도 제대로 말해지지 않는다. 파졸리니는 이미 쟁점을 간파했다. 방언은 현실의 언어이다. 농민, 노동자뿐만 아니라 모든 직업에 고유의 말투, 고유의 언어가 있는데, 사회가 획일화되면서 그 언어가 사라지고 있다. 그러므로 언어를 위해 싸운다는 것은 곧 언어의 존속을 위해 싸우는 것이다. 이 스무 살 청년은 1940년대부터 언어가 곧 겪을 고역을 직감한다. 모든 가정에 텔레비전이 보급되면서 차이점들은 일소될 것이다. 텔레비전 화면은 그 살아 있는 문화를 창살 속에 가두고, 각 지역마다 그 죽음의 메시지를 쏘아댈 것이다. 텔레비전은 새로운 점령이고, 파졸리니에게는 또 다른 저항의 시작이다.

전쟁 동안 파졸리니는 베르수타에서 어머니와 함께 아이들을 가르친다. 오후에는 산탄토니오 아바테 성당 앞에서 아이들과 축구를 한다. 파졸리니가 제자들과 함께 돌멩이를 문지르다가 산탄토니오 성당의 담벼락에 그리스도의 승천을 묘사한 프레스코화를 그렸다는 이야기가 정말 사실인지는 아직 모른다. 기도하는 성자들이 동공 없는 허연 눈으로 지켜보는 가운데 발자국들이 하늘을 향해 올라가는 눈부시게 환한 놀라운 장면을.

바깥 탈리아멘토의 돌샘에서는 맑은 물이 흐른다. 작은 담장이 둘린 샘인데, 물이 한쪽에서 뿜어져나와 다른 쪽으로 흘러간다. 안젤라는 파졸리니의 충직한 친구인 화가 페데리코의 아들 파올로 데 로코Paolo De Rocco가 그 샘을 만들었다고 나에게 설명한다. 담장 한쪽에는 '가장 빛나는La Meglio'이라고 적혀 있고, 다른 쪽에는 '가장 새로운La Nuova'이라고 적혀 있다. 한가운데에는 '청춘Gioventú'이라고 새겨져 있다. 가장 빛나는 청춘과 가장 새로운 청춘. 물은 두 방향으로 폭포처럼 요란하게 떨어진다. 1940년대 초에 프리울리 방언으로 쓴 시 〈빛나는 청춘La Meglio Gioventú〉에서 파졸리니는 이 샘물이 흐르는 소리를 듣고 이렇게 말한다.

내가 사는 마을의 샘.

내 마을의 물보다 신선한 물은 없다.

투박한 사랑의 샘.[18]

30년 후인 1974년에 출간된 《새로운 청춘La Nuova
Gioventú》에는 방언의 순수성, 프리울리의 경쾌함이 사
라지고 없다. 파졸리니는 자기 시를 수정한다. 일종의
개종이다. 샘은 더는 똑같은 물을 토해내지 않는다. 맑
음을 잃었다.

마을의 샘은 내 것이 아니다.

이 마을의 물보다 더 오래된 물은 없다.

아무도 찾지 않는 사랑의 샘.[19]

그가 죽기 1년 전, 베르수타의 물은 오염되었다. 새

---

18) 피에르 파올로 파졸리니, 《빛나는 청춘》, 1954년, 산소니.
19) 피에르 파올로 파졸리니, 《새로운 청춘》, 1975년, 에이나우디.

로운 청춘과 그들의 소비품이 오래되고 침투 불가능해진 가장 빛나는 청춘을 대체했다. 프리울리에서조차 모든 것이 날림으로 변해버렸다. 1975년 2월 〈코리에레 델라 세라Corriere Della Sera〉에 기고한 글에서 파졸리니는 반딧불이를 비유로 들어 환경오염의 첫 비극적 징후들을 고발한다. "…수질오염 때문에 반딧불이가 사라지고 있다."[20]

산업화와 집약농업은 이 벌레들이 날아다닌 뒤 남는 빛의 자취를 없애버렸다. '반딧불이의 실종'은 대량 산업화와 새로운 소비사회의 요구로 생겨난 정치 계층의 신호가 된다. '반딧불이 이후'는 '권력의 비극적 공백'을 의미한다. 파졸리니는 열정이 넘쳐흐르는 어조로 산업화된 기독교 민주주의의 이탈리아를 히틀러 이전의 독일과 비교한다. 기계화되고 보살핌을 받는 우스꽝스러운 부르주아 대중, 획일화된 계층의 힘으로

---

20) 피에르 파올로 파졸리니, '반딧불이에 관한 글', 1975년 2월 1일, 《사략록私掠錄》.

이뤄내는 창조.

> [이탈리아인들은] (특히 중남부 사람들은) 몇 년 사이에
> 뒤처지고, 우스꽝스럽고, 흉측한 범죄자처럼 되어버
> 렸다. 거리에 나가보기만 하면 금방 알 수 있다.[21]

이 작은 벌레에게는 낭만적인 애착이 있다. 반딧불
이. 무당벌레와 마찬가지로 손을 옴폭하게 모아 손바
닥에 살포시 얹어야 하는 '신의 동물', 어린 시절의 추
억과 이어져 있는 신기한 벌레. 반딧불이는 완전히 사
라지지 않았다. 인간의 불빛이 닿지 않는 어두운 들판
에서 아직은 관찰된다. 그런 들판에서는 약탈자 곤충
들이 울음소리로 풀잎들을 튀긴다. 그 곤충들은 정말
로 멸종된 건 아니지만, 멸종 현상은 분명히 일어났다.
파졸리니는 산업과 금융 분야의 이탈리아 문어발 기
업 몬테디손Montedison 그룹을 도발하며 '반딧불이에

---

21) 같은 책.

관한 글'을 마무리 짓는다.

[…] 이건 분명하다. 나 같으면 반딧불이 한 마리를 위해 몬테디손을 통째로 내놓겠다. 아무리 다국적 기업이라 해도.[22]

샘에 다다르자 안드레아가 나를 안심시킨다. "이 물은 마셔도 됩니다. 마실 수 있는 물이에요." 나는 두 손을 모아 물을 뜬다. 베르수타의 물이라면 마실 수 있는 게 당연하다. 게다가 모든 마을의 샘물과 가축용 물통 속의 물은 똑같은 성가를 부른다. 파졸리니는 끊임없이 오염되는 세상에 대해 지나치게 절망적인 비전에 사로잡혀 어쩌면 더는 아무것도 마실 수 없었는지도 모른다. 그렇지만 바로 그 세상에서 그는 놀랍게도… 불안한 마음으로 언제나 다시 일어섰다. 삶은 살 만한 가치가 있으며, 생략할 수 없는 것이기 때문이다.

---

22) 같은 책.

실존의 이미지? 그건 어쩌면 이런 것인지도 모른다. 조화롭지 못한 두 얼굴을 풀어놓으며 돌 틈에서 홀로 지루해 하는 샘. 멋진 역설처럼.

3

"그는 53년을 살았어요! 53년이 미미한 세월은 아니잖아요? 53년 동안 그는 모든 것을 했어요. 모든 것을!" 안젤라는 산 비토에 있는 델 포폴로del Popolo 광장에 자리한 동네 식당의 검은색 긴 가죽 의자에 앉아 열띤 어조로 말한다. 이 마을은 베르수타에서 자전거로 반시간쯤 떨어진 곳에 있는데, 파졸리니는 친구들을 만나고 마을 축제에서 춤을 추기 위해 이곳을 자주 찾았다. 언어 아카데미의 첫 시 출간물인《일 스트롤리구트Il Stroligut》도 산 비토에서 인쇄했다. 안젤라가 여전히 흥분해서 말한다. "파졸리니는 당신을 대변해요. 그는 지식인이 아니에요. 우리 모두를 대변하죠.

모두가 이해할 수 있는 말을 해요." 대중식당은 비어 있다. 긴 가죽 의자와 회반죽을 칠한 바닥이 파리의 브라스리brasserie[23]를 닮았다. 우리는 프리울리의 화이트 와인을 곁들여 탈리아텔레tagliatelle[24]를 먹는다. 그리고 파졸리니에 관한 대화를 이어간다. 아니, 그보다는 그 남자를 위해 열정적으로 목청을 드높이는 안젤라의 이야기에 귀 기울인다. 안젤라는 거의 엄마 같은 보호자의 눈길로 파졸리니를 생각한다. "예를 하나 들어볼게요. 나에게 브루노라는 친구가 있는데, 당시 대학생이었어요. 브루노가 파졸리니를 만나고 싶어서 전화를 걸었는데, 파졸리니의 사촌 여동생인 그라치엘라가 전화를 받았어요. 그라치엘라는 파졸리니는 지금 없다고 말하며 전화번호를 남기라고 했지요. 어쩌면 그가 전화를 걸지도 모른다면서. 아마 브뤼노는 그 말을 그다지 믿지 않았을 거예요. 파졸리니는 이미 로마에서

---

23) 간단한 음식을 파는 호프집(―옮긴이).
24) 이탈리아 파스타의 한 종류로 칼국수처럼 길고 납작한 모양이다(―옮긴이).

매우 잘 알려진 인물이었고 무척 바빴을 테니까요. 그런데 오후에 브루노가 전화를 한 통 받았어요. 파졸리니의 전화였지요. 파졸리니는 괜찮으면 얘기나 하자고 로마로 오라고 말했어요. 브루노는 로마로 갔고, 파졸리니가 로마 역으로 그를 마중 나왔지요. 그리고 자기 집으로 초대했고, 두 사람은 많은 이야기를 나누었어요. 심지어 파졸리니는 브루노에게 책도 몇 권 주고, 자동차로 역까지 바래다주기까지 했어요. 요즘 같으면 누가 그렇게 하겠어요? 아니, 그 시절이라도 누가 그러겠어요?"

흥분한 안젤라의 감정이 곳곳으로 범람했고, 일화들이 사방으로 달아났다. 그녀가 나에게 물었다.

"사르트르라면 파졸리니가 브루노에게 한 것처럼 했을 거라고 생각해요?"

"글쎄요, 난 사르트르를 잘 몰라요. 그렇지만 그랬을 것 같지는 않아요. 파졸리니는 예외적인 인물 같아요."

"다른 프랑스 작가들은 어때요?"

"잘 모르겠어요. 프랑스에서는 인간관계에 조심스

러움이, 더 큰 거리감이 끼어드는 것 같아요. 알베르 카 뮈라면 아마 그랬을 겁니다. 카뮈도 무척 소박한 사람 이었어요. 이따금 파졸리니를 생각나게 하는 작가예요. 어쨌든 요즘에는 제 또래의 젊은 사람들이 접근할 수 있는 작가가 거의 없어요. 생각의 이기주의가 팽배해 요. 마치 여러 세대를 이어주는 끈이 잘린 것 같아요."

안젤라와 안드레아는 내 말에 골똘히 귀 기울였다. 우리가 다양한 주제를 섭렵하는 이 식당에서는 1분이 마치 1시간 같다. 파졸리니는 우리가 매달린 구명대로 남아 있다. 그 구명대가 우리를 끌어당기는데, 버틸 재 간이 없다.

"이탈리아에 남은 파졸리니의 유산은 뭐죠? 그가 요즘의 청춘도 끌어모읍니까?"

"양 극단이 존재하죠. 처음에 그는 오래도록 잊혔어 요. 사람들은 그에게 어떤 가치도 부여하지 않았죠. 물 론 그의 죽음이 가져다준 충격은 있었지만, 그건 금세 가라앉았어요. 그러다 잘 아시겠지만 몇 년 전부터 약 화된 체제가 한계를 드러냈죠. 그 한계 중 여럿에 파졸리니의 사유가 닿아 있었어요. 사람들은 파졸리니의 생각을 재발견했죠. 그러나 선별이 필요해요. 그를 잘 알지도 못하면서 이탈리아의 체 게바라처럼 여기는 이들이 있기 때문이에요. 티셔츠에 프린트해 넣는 무슨 상표처럼 말이죠. 그런 것은 좋지 않아요. 그래서 우리는 파졸리니의 올바른 자리매김을 위해 애씁니다. 카사르사와 이 지역에서는 보람이 있는 일이지요. 점점 더 많은 학생들이 이 작가를 알리려고 나서요. 파졸리니에 관한 논문을 쓰고 싶어 하는 학생들을 위해 도움을 제공하는 연구단체를 하나 만들 작정이에요."

"연구단체가 점점 더 늘어나고 있어요!" 안젤라가 잘라 말한다. "그렇지만 잘못된 해석을 경계해야 해요. 파졸리니를 제멋대로 생각하고 그의 생각을 왜곡하는 사람들이 있어요. 그는 바꿀 수 없는 인물인데 말이에요."

내가 아벨 페라라Abel Ferrara가 만든 파졸리니에 관한 영화를 보았는지 묻자, 안젤라는 의자에 등을 기대며 한숨을 내쉬었다.

안드레아가 대답했다.

"여기 있는 사람들은 모두 그것이 형편없는 쓰레기라는 데 동의해요."

안젤라가 털어놓았다.

"있잖아요, 사실 난 이곳 카사르사에서 그 사람을 맞이하기까지 했지 뭐예요. 프리울리에서 촬영할 생각을 하고 있더라고요. 하지만 결국 촬영은 하지 않았죠. 얼마나 다행인지!"

안젤라는 몽글몽글한 웃음을 터뜨리고는, 이제까지 피운 담배들을 기침으로 토해냈다.

산 비토는 오후로 접어들고 있다. 황량한 델 포폴로 광장의 빛이 사라진다. 우리는 포도주를 조금 마신다. 안드레아가 이탈리아의 정치상황에 대해 말한다. 나는 그의 입술에서 정치를 더이상 믿지 않는 청춘의 환멸을 읽는다. "마테오 렌치Matteo Renzi는 너무 물러터졌어요. 나라가 무기력에 빠져들고 있죠. 그 공허한 이야기를 믿을 사람이 이젠 많지 않아요."

정치인들은 자기들의 행위가 중요하다고 믿게 하려 든다. 그들에게 관심을 갖는 것이 곧 나라를 걱정하고 나라 일에 참여하는 거라고 믿게 하려 애쓴다. 사실은 무상의 행위, 글을 쓰거나 하나의 방언을, 한 작가의 유산을 지키려고 애쓰는 행위를 통해 훨씬 더 많은 정책들이 만들어지는데 말이다. "프랑스도 상황은 마찬가지에요, 안드레아. 심지어 더 나빠요. 이탈리아 사람들은 자기들의 배타주의를 명확히 의식하는 경우가 많아요. 나라에 대한 애착 말이에요. 내가 만난 청년들 중 여러 나라가 근래에 결집되어 이탈리아가 탄생했다고 말하는 사람은 한 사람도 없었어요."

나는 안드레아에게서 정치적 삶의 추종자가 되지 않으려는 의지를 본다. 높은 사람들은 우리를 배려하지 않는데 우리가 왜 그들을 걱정한단 말인가? 삶은 다른 곳에 있다. 1975년 8월 1일 '궁궐 밖'이라는 제목을 붙인 글에서 파졸리니는 정치인들의 삶, 궁궐의 일상 앞에서 행복한 미소만 짓고 있는 무기력한 이탈리아를 힐책한다.

오직 '궁궐 안'에서 벌어지는 사건들만 주의와 관심

을 끌 만한 것처럼 보인다. 나머지는 모두 하찮고, 부차적이며, 일정한 형태 없이 우글거리는 덩어리에 불과하다. […] 정말 중요한 것은 강자들, 꼭대기에 있는 자들의 삶이다. '진지하다'는 것은 곧 그들에 대해, 그들의 술책, 그들의 동맹, 그들의 음모, 그들의 재산에 대해 신경 쓰는 것을 의미하는 것처럼 보인다. […]

우리의 신문들, 즉 〈코리에레 델라 세라〉나 〈르 몽드〉의 대표 기사들은 더이상 아무도 관심 갖지 않는 궁궐의 삶을 이야기한다―늘 똑같은 이야기들이다. 선거는 매번 큰 축제이고, 아름다운 가장행렬이며, 축제 후 저마다 정체를 드러내는 가장무도회다. 누가 우리를 제대로 속였는지 보여주는. 그러면 거짓들이 폭발하듯 백일하에 드러난다. 이탈리아인들은 이것을 훨씬 잘 의식하고 있다. 그들은 30년간 기독교 민주주의를, 디보 안드레오티Divo Andreotti[25)]의 모호한 세월을, 정치적 소송들을, 1969년 폰타나 광장, 1980년 볼로냐 역, 그리고 그 밖의 여러 곳에서 테러행위가 벌어졌던 무거운 사회 분위기를 경험했다. 또한 붉은 여단[26]에 납치되고 두 달 뒤인 1978년 5월 자동차 트렁크 속에서 웅크린 시신으로 발견된 모로 대통령을 보고 모두 할 말을 잃었다. 알도 모로Aldo Moro는 제 비밀들에 잡아먹힌 죄지은 정치집단의 수장으로서 유령이 되었다. 파졸리니는 이미 언론에 쓴 글들을 통해 이 '이탈리아의 닉슨들'을, '안드레오티의 침묵'을, 그의 '밀랍 같은 미소'를 고발했다…. 1974년 11월 14일 〈코리에레 델라 세라〉에서 그는 이렇게 단언한다.

> 나는 1969년 12월 12일 밀라노에서 벌어진 학살에 책임 있는 자들의 이름을 알고 있다.
> 1974년 초 몇 달 사이에 브레시아와 볼로냐에서 벌어진 학살 책임자들의 이름도 알고 있다.

---

25) 이탈리아에서 총리를 7번, 장관을 25번 지낸 기독교민주당 소속 우파 정치인 줄리오 안드레오티Giulio Andreotti(1919~2013)를 가리킨다. 그에 관한 영화 〈일 디보Il Divo〉가 만들어지기도 했다(─옮긴이).
26) 1970년에 결성된 이탈리아 극좌파 테러조직(─옮긴이).

나는 안다. 그러나 증거는 없다. 단서도 없다.

　나는 지식인이고 작가이기에 안다….

　훗날, 신문기자 인드로 몬타넬리Indro Montanelli는 이렇게 쓴다. "데 가스페리De Gasperi와 안드레오티는 함께 미사를 드리러 갔고, 모두 그들이 같은 일을 한다고 생각했다. 그런데 전혀 그렇지 않았다. 교회에서 데 가스페리는 하느님에게 말했고, 안드레오티는 사제에게 말했다." 안드레오티는 냉소적인 태도로 이 말을 인정할 것이다. 그리고 이런 말로 응수할 것이다. "그런데 사제는 나에게 응답했지."

　이탈리아의 궁궐은 완전히 파산했고, 금이 갔고, 얼마 후 거짓말쟁이 피노키오 갑부 베를루스코니Berlusconi 소유의 소독된 수영장 물에 빠져 익사했다. 완전무결한 정장 차림의 '돈 만드는 자', 축구 클럽과 국가 그리고 여러 개의 텔레비전 채널을 소유한 자. 두 방송 사이를 오가는 이들이 즉석 판촉할인 화면에 걸려든다. 그들의 생존 구실은 베를루스코니의 총애를 받던 예쁜 여자들의 보석만큼이나 빛난다. 비록 같은 가치는 아니지만.

안드레아의 말을 들어보니 오늘날 이탈리아에는 공세를 이끌 사람이 그리 많지 않다. 나라는 노후하고 혁명을 기다린다. 프랑스는 더이상 아무것도 기다리지 않는다. 나도 더는 아무것도 기다리지 않는다.

***

오후 끝 무렵, 우리는 커피를 화주火酒 마시듯 마신다. 그리고 산 비토 광장으로 나간다. 검은 철책으로 둘러싸인 시청 앞에서 안젤라가 울타리가 불룩한 곳을 나에게 보여준다. 산 비토는 부유한 지주들의 마을이었다. 철책이 휘어진 것은 지주들에 맞서 일어선 농민들의 저항의 흔적이다. 주변 마을과 소작지 사람들이 지주 가문들의 예속에 맞서 결연히 무리지어 일어섰다. 카사르사를 떠나고 한참 후에 출간한 《무언가에 대한 꿈》[27]에서 파졸리니는 농민들의 정치의식 각성을, 그들의 저항 욕구를, 작은 땅뙈기를 지키기 위한 그들의 조직적이지 못한 움직임을 이야기한다.

그 지역 마을들에서 산 비토로 이어지는 길들은 파졸리니의 풋풋한 사랑의 길이기도 하다. 청춘들은 마을 수호성인 축제, 부활절이나 성모승천일 등 종교 축일에 열리는 마을 축제들을 분주히 찾아다닌다. 청소년들은 춤을 추려고 자전거를 타고 무리 지어 달려간다. 포르데노네Pordenone, 산 비토, 카살레Casale, 그루아로Gruaro로…. 그들은 그 지역 포도주에 취하고, 땀흘리고 춤을 추면서 친구 누나를 향한 열정을 드러낸다. 《무언가에 대한 꿈》은 프리울리 청춘들의 어릴 적 희망을 이야기하는 소설이다. 그들은 탈리아멘토 강에 술오줌을 누며 취한 날 밤에 탄생한 그들의 꿈을, 알프스 너머 방랑의 삶에 대한 희망을 도전적으로 바라본다. 그토록 가까운 유고슬라비아는 잔뜩 퍼마신 다음 날 몽롱하게 잠에서 깨어나며 신물 토하듯 꿈을 토해

27) 《Il Sogno di una cosa》, Garzanti, 1962.

내는 이 가난뱅이 아들들에게는 축제의 나라다.

카사르사에서 쓴 시들에서 파졸리니는 프리울리의
순정을 칭송한다.

> 그런 저녁이면 귀뚜라미 울었다
>
> 탈리아멘토의 풀밭에서, 죽은 듯 광막한 들판에서.
>
> 지평선에 목소리도 외침도 없는 카사르사는
>
> 사람들에게 닫힌 안식처,
>
> 문 닫힌 교회당, 불 꺼진 굴뚝, 버려진 연장들.
>
> 프리울리여, 나는 보았다, 네 자식들의 샐쭉한 얼굴이
>
> 풀리는 모습을!
>
> 나는 그들과 함께 오래된 사랑의 음모를 획책했고,
>
> 어수선한 비밀 축제 속 길을 달렸다
>
> 광막한 들판: 여기에 하얀 집들이 모여 있는 산 비토
> 가 있다
>
> 저기, 울타리 너머 양지바른 곳에 프로돌로네Prodolone
> 가 있다!(28)

그가 전쟁 동안 루치아노 세라에게 보낸 전원시들은 자신의 삶 앞에 불을 밝히는 등불이고 '척후병'이다. 안젤라는 파졸리니가 훌륭한 춤꾼이었다고 나에게 털어놓는다. "심지어 삼바 경연대회에서 상을 탄 적도 있다니까요. 아마 이곳 산 비토에서였을 걸요." 오늘날까지도 여름날 오후에 마을 축제가 열리는데, 청년과 노인들이 뒤섞인 채 축제의 중심부인 간이식당을 둘러싸고 길게 늘어선 다갈색 벤치에 나란히 앉아, 혹은 이동식 무대 위에서 술을 충분히 마신 뒤 수줍음을 물리치고 아가씨에게 춤을 청하려고 기다린다.

우리는 식당 출구에서 담배를 피운다. 광장에 그림자를 길게 드리운 종탑 옆 성당 앞에서 고상하지만 칙칙한 차림새의 군중이 기다리고 있다. 군중은 기다린다. 저마다 손에 모자를 들었다. 성당 문은 마을 쪽으로 활짝 열려 있다. 골목길이 꺾어지는 모퉁이에서 갑자기 영구차 한 대가 나타나자, 줄을 선 사람들이 잔걸

---

28) 1941년 8월, 카사르사에서 루치아노 세라에게 보낸 편지, 《서간집》 중.

음으로 뒤따른다. 사제가 마이크로 기도송을 노래한다. 광장에 있던 사람들이 모두 움직임을 멈춘다. 사람들은 죽은 자를 땅에 묻으러 가는 산자들의 행렬을 바라본다. 많은 노인들이 입은 정장이 눈에 들어온다. 티롤이나 바이에른에서도 볼 수 있는 옷이다. 수가 놓인 짙은 초록색 재킷, 왁스 입힌 가죽 또는 벨벳 바지, 대개 까마귀 깃털로 장식된 검은 모자. 옛 산악인의 장례식이다. 산악인들은 이탈리아의 정예 보병으로서 고산지대에서 이탈리아 국경을 지켜왔다. 종탑에서 조종弔鐘이 울린다. 산 비토의 수도원 같은 정적 속으로 종소리가 울려 퍼진다. 사제가 홀로 기도문을 읊고, 몇몇이 따라 읊조린다. 시간이 멈춘 듯하다. 한 편의 공연 같다. 종탑 뒤, 집 지붕들 위로 카르니아 지역의 봉우리들이 불침번을 선다. 봉우리들은 말이 없다. 바람도 조용해졌다. 운구 행렬은 똑같은 옷을 입은 남자들과 검은 숄을 걸친 아낙들의 호위를 받으며 교회 안으로 들어선다.

우리는 가던 길을 간다. 낮은 다시 수줍어진다. 더는

빛과 경쟁하려 들지 않는다. 곧 개들이 늑대로 변할 시간이다. 안젤라는 광장 반대편 아케이드 아래 자리한 산 비토 극장을 보여주고 싶어 한다. 언제나 거리낌 없고 성격이 괄괄한 그녀는 나를 위해 극장 문을 열어달라고 요구한다. 우리는 바로크 풍 내실 안을 걸으며 극장주인 마라Mara와 이야기를 나눈다. 그녀는 다리를 약간 절고 열쇠 꾸러미를 흔들면서 안젤라처럼 도무지 끝날 것 같지 않은 문장들을 연이어 쏟아낸다. 소리가 사방으로 울려 퍼진다. 나는 파졸리니의 흔적을 좇아 프리울리에 와 있다고 설명한다. 그녀는 무척 어렸을 때, 열 살 때 파졸리니를 본 적이 있다고 기억한다. "그가 병든 친구 페데리코 데 로코를 찾아왔었지요. 당시 나는 너무 어려서 그가 누구인지 알지 못했어요. 하지만 우리 가족과 주변 사람들이 그가 매우 중요한 인물이라고 말하던 것이 기억나요. 그래도 학교에서는 그의 이야기를 하지 않았지요. 그는 공산주의자에 소아성애자였으니까요. 그의 시에 대해서는 한 번도 들어본 적이 없었어요." 다행히 안드레아가 안젤라와 마라가 주고받는 대화를 나에게 번역해준다. 나도 이탈리아어를 꽤 알아듣는데, 여자들끼리 주고받는 그 열띤 대화는 하나도 알아듣지 못했다. 그래서 아름다운 문장들, 중요한 문장들만 접수한다. 안드레아는 재미있어 한다. 얼마 후 마라가 말을 끝맺는다. "어쨌든 이 나라에서는 카사르사 출신이라는 것이 대단히 오랫동안 수치였죠. 파졸리니 때문에요!"

그 수치는 곧 명예로 바뀐다. 카사르사, 산 비토, 발바소네Valvasone, 베르수타…. 프리울리의 이 외진 마을들은 고귀한 지위를 얻었다. 파졸리니가 이곳에서 노래한 성가는 수줍은 선율로도 흡족해 했을 고장의 위상을 드높인다. 한 작가가 유년기를 보낸 장소는 대체 무엇일까? 이제는 그의 이름이 새겨진 포석 하나밖에 남지 않았는데 말이다. 그 포석은 관광객들의 눈길을 거의 끌지 못하는, 생명 없는 침울한 표지판이다. 프리울리에서 파졸리니는 장소들에 관해 썼다. 그리고 길가의 총림과 뽕나무들에 눈길을 던졌다. 그는 땅의 현실에 대해, 그리고 자식들에 대해 이야기했다. 스스로 인정하듯이, 그는 "그 장소들에 관해 전설적인 이야기를 썼다." 기념 포석은 허울뿐이다. 보여주는 것이 아무것도 없다. 이정표보다 못하다. 심지어 앞으로 나아간다는 느낌조차 받을 수 없다. 프리울리에는 포석보다 나은 것이 있다. 나는 파리에서 읽은 책의 페이지들을 눈으로 확인한다. 파졸리니가 쓴 책의 영혼이 탈리아멘토 강물에 비친다. 그것이 파졸리니의 작업을 늘 살아 있게 만든다.

나는 카사르사의 길 끝에 이르러 안젤라와 안드레아와 헤어진다. 두 팔로 그들을 열렬히 끌어안는다. 나는 그들의 삶을 잘 알지 못한다. 그들도 내 삶에 대해 전혀 알지 못한다. 우리는 다른 무엇을 위해, 다른 누군가를 위해 거기에 있었다. 안젤라가 나에게 카사르사의 여인숙 하나를 일러준다. 어느새 어둠이 일어나 포도밭을 뒤덮고, 알프스 지대를 보듬는다. 저 위쪽, 알프스 산봉우리가 어둠에 무심한 영원한 빛에 잠긴 채 구름과 이야기를 나눈다.

밤 시간이 울리고, 중심부가 매우 캄캄한 하늘에서 별들이 갈라진다. 저 아래 지평선 부근의 하늘이 하얗게 밝아온다. 곧 달이 뜰 모양이다. 흘러간 하루, 흘러간 젊음. 이 얼마나 메말랐는가![29]

4

글리 아미치Gli Amici[30]. 프랑스의 PMU[31]만큼 사람들을 끌어모으는 카페다. 카사르사 광장, 콜루시의 집 맞은편에 자리한 그곳에서 나는 저녁 시간을 보내기로 마음먹는다. 토요일은 축구의 날이다. 칼시오[32]는 90분 동안 청춘과 노인들을 한데 모은다. 나는 낮의 추억에 잠긴 채 홀로 호텔 방에서 저녁을 보내고 싶지

---

29) 1944년 2~3월, 카사르사에서 루치아노 세라에게 보낸 편지, 《서간집》 중.
30) '친구'라는 뜻(─옮긴이).
31) 마권발매소(─옮긴이).
32) '축구'라는 뜻으로, 이탈리아 프로 축구 리그에 붙은 이름이다(─옮긴이).

않았다. 나에게는 좋은 축구 경기와 축구공이 경기장을 굴러가는 동안 느려지기도 하고 빨라지기도 하는 해설자의 경쾌한 목소리가 필요했다. 아미치에서 칼 시오는 사람들이 매일 술을 마시는 장소의 자연스러운 배경이다. 장-자크 아노Jean-Jacques Annaud의 영화 〈헤딩의 페널티Penalty du Coup de tête〉 같다. 카사르사의 클럽 깃발들이 벽에 걸렸고, 곳곳에 머플러가 압정으로 붙여져 있다. 나일론 유니폼 색깔인 초록, 하양, 노랑. 클럽 전성기 때의 사진들도 걸려 있다. 팔짱을 낀 열한 명의 출전 선수들, 윙 공격수의 맹렬한 공격과 주장의 건방진 눈길. 카운터 위쪽에 줄 세워놓은 우승컵과 모조 메달들. 코르크판에는 챔피언스 리그의 모든 경기들이 적혀 있고, 경기 결과는 달력에 꼼꼼히 기록된다. 그림책 속에 나올 법한 이탈리아다. 여기서 축구는 모두를 꿈꾸게 한다. 스크린에, 녹색 구장 위에서 벌어지는 색채의 춤에 두 눈을 빼앗긴 채 저녁 내내 서 있게 해주는 체력 보강제다. 축구장은 새로운 전쟁터다. 인간의 더없이 추하고 더없이 고귀한 내면이 거기서 드러난다. 인류의 아름다운 장방형. 한 사회의 현실을 보려면 운동경기장의 계단석을 드나들어봐야 한다. 거부당한 페널티킥이나 씁쓸한 패배 때문에 상대편 사내의 턱뼈를 후려갈기는 것을 이해해야 한다. 불안감 속에 승리를 얻으면 모두들 아무나 끌어안고 좋아한다. 다른 사람들에게 격렬하게 달려든다. 이를 갈고, 눈빛이 멍해진다. 운동경기장의 삶이 난폭한 것은 삶이 곧 폭력이기 때문이다. 그러니 정치인들은 축구장의 관람석을 한 바퀴 돌아봐야 할 것이다. 패션 워크에서 하듯이 대통령 관저 내실을 돌아보며 자기 모습을 비춰볼 것이 아니라, 대중이 이용하는 커브길, 보잘것없는 사람들의 외침과 고함, 호루라기 소리가 난무하는 커브길들을 돌아봐야 한다. 그들의 나라는 이것을 닮았다. 토리노의 토리노 대對 유벤투스, 로마의 AS 로마 대 라치오. 이런 경기들은 모두 폭력성을 쏟아낸다. 단도질을 해댄다. 사람들 무리가 촘촘히 줄지어 경기장에 도착한다. 경기장에서는 응원단이 한 덩어리가 되어 최루탄과 연막탄이 뒤섞여 질식할 것 같은 대기

속에서 힘겹게 숨을 쉬고 있다. 저들은 궁궐을 어떻게 생각할까? 경기장 입장권 한 장은 투표용지 한 장보다 훨씬 비싸다. 돈을 잔뜩 먹은 보병들, 예쁜 다국적 기업으로 변한 클럽의 수중에 들어간 부유한 용병들 앞에서 꿈꾸게 해줄 입장권 한 장.

파졸리니는 축구 애호가였다. 나는 살롱에서 나누는 인터뷰보다 축구를 하는 그를 보면서 그에 관해 더 많은 것을 알 수도 있었다고 생각한다. 이미 그는 1941년의 한 편지에서 이렇게 말했다.

> 카사르사 팀에서 축구를 할 예정이야. 일요일에 마을 대항으로 첫 경기가 있어.[33]

다음 편지에는 경기 결과까지 알려준다.

> 나는 카사르사 팀에서 왼쪽 윙으로 꽤 능숙하게 활

---

33) 1941년 7월 18일, 카사르사에서 루치아노 세라에게 보낸 편지, 《서간집》 중.

약했지만, 베네토Veneto의 아차노 팀과의 경기에서 4
대 0으로 지고 말았어. 내일 일요일에는 카미노와의
경기가 있어.[34]

파졸리니는 카사르사의 청년들과, 그후에는 로마의
청년들과 축구를 한다. 그가 변두리 공터에서 축구공
을 몰면서 뛰어다니는 모습을 보여주는 사진들이 있
다. 축구에는 긴 말이 필요 없다. 경기를 하듯 이야기
를 한다. 고개 들고 눈짓 한 번 보내고 공 한 번 차면
경기는 계속된다. 볼로냐 FC의 광팬이었던 파졸리니
는 시립경기장에서 보낸 일요일들을 칭송한다. "시립
경기장에서 보낸 멋진 일요일들!" 그곳에서 하프타임
은 한순간처럼 흘러간다. 그는 당시 스타 선수들이었
던 아마데오 비아바티Amadeo Biavati와 라파엘레 산소
네Raffaele Sansone가 축구공을 주고받는 광경 앞에서 감
탄하며 그런 일요일을 자신의 삶에서 가장 아름다운

---

34) 1941년 7월, 카사르사에서 루치아노 세라에게 보낸 편지. 같은 책.

순간처럼 말한다. 그는 어느 날 인터뷰에서 이렇게 털
어놓는다. "볼로냐에서 살 때 나는 이 팀 때문에 괴로
웠어요. 그 고통은 이후에도 나를 떠나지 않았지요. 지
금까지도 나는 볼로냐 때문에 지독히 아파합니다."[35]
파졸리니가 축구를 잘했는지는 모르겠다. 그러나 그는
90분간의 게임이 사내들을 얼마나 결집시킬 수 있는
지는 잘 이해하고 있었다.

소개할 만한 일화가 하나 있다. 1975년 3월 16일 아
침 파르마에서 '첸토벤티[36]'라는 이상한 이름의 축구
시합이 열렸다. 당시 〈살로, 소돔의 120일〉을 촬영하
던 파졸리니가 다른 영화감독 베르나르도 베르톨루치
Bernardo Bertolucci의 팀과 축구로 맞붙기로 한 것이다.
시인 아틸리오 베르톨루치Attilio Bertolucci 의 아들이자
파졸리니의 친구인 베르나르도는 청소년 때부터 파졸
리니가 영화를 만들 때 조감독으로 도왔다. 파졸리니

---

35) 1973년, 줄리오 크로스티Giulio Crosti와의 인터뷰.
36) 120을 뜻하는 이탈리아어(―옮긴이).

는 그에게 첫 단편영화의 시나리오까지 준다. 당시 베르톨루치는 그의 역사적인 작품 〈1900년〉을 촬영하기 위해 파르마에 와 있었다. 이날 그들은 카메라를 내려놓고, 촬영용 장치들도 침울한 침묵 속에 버려두었다. 파르마 AC의 훈련장에서 어지러운 새 시나리오가 모습을 드러내는데, 바로 '첸토벤티'의 시나리오다. 기술자, 배우, 감독 할 것 없이 모두가 이 동정 없는 싸움을 위해 모였다. 파졸리니는 패배를 받아들이지 않을 터였다. 나는 그의 찌푸린 얼굴을, 쩨려보는 눈길을, 젊은 베르톨루치에게 멋들어지게 승리를 거둘 생각에 잠들지 못하고 지새웠을 밤을 상상해본다. 그러나 패배였다. 볼로냐 색깔의 유니폼을 입은 살로 쪽 열한 명은 패했다. 무참하게. 파졸리니의 배우들, 거리에서 찾아낸 아마추어들도 경기장에서 패배했다. 장난기 넘치는 베르톨루치가 축구 잘하는 파르마 청년 몇 명을 스카우트해온 것이다. 패배를 견디지 못하는 파졸리니는 "일한다는 것은 승리하거나 아니면 죽는 것"이라고 말한 바 있다. 그는 스포츠에서 겪은 이 실패로 모욕당하고 따귀를 얻어맞은 기분이 되어 경기가 끝나기도 전에 이렇게 소리 지르며 경기장을 떠난다. "나르시시스트들!" 파졸리니는 삶에서도 경기장에서도 즐기지 못했다. 그와 같은 팀이었던 한 사람은 이렇게 설명한다. "파졸리니는 우리처럼 즐기려고 경기를 하는 게 아니에요. 그는 지는 걸 견디지 못해요." 축구를 하는 것도, 경기장에서 프로 선수들의 경기를 보는 것도 그에게는 새로운 공연에 참여하는 행위였다. 오락 같은 공연이 아니라, 휴먼 드라마 같은 공연.

아미치의 탁자들은 담장 위의 도마뱀처럼 흘러가는 영상을 향해 돌려져 있다. 사람들은 저마다 잔을 들고 고독 속에 앉아 있다. 그들은 홀로 혹은 무리 지어 온다. 그러나 결국엔 언제나 혼자다. 그들은 더는 타인들을 바라보지 않는다.

AC 밀란 대차 로마 라치오, 저녁 경기를 알리는 포스터다. 나는 바에 팔꿈치를 괴고 화이트 와인 한 잔을 주문한다. 나와 헤어지기 전 안젤라는 파졸리니와 알고 지냈던 지지온이라는 사람에 대해 이야기했다. "아미치에 가면 만날 수 있을 거예요. 키가 무척 크고 연세가 많으신 분이에요. 내가 소개해서 왔다고 말하세요." 나는 잔을 입에 댄 채 주위를 둘러본다. 아무도, 아무것도 없다. 키 작고 촌스럽고 뻣뻣한 노인들만 신문을 식탁보처럼 덮은 탁자 앞에 앉아 텔레비전 화면을 마주하고 있다. 나는 화이트 와인을 한 잔 더 마신다. 그러면서 달리는 선수들의 왈츠에 이끌려 경기에 빠져든다. AC 밀란이 한 골 넣는다. 힘내, '로소네리[37]', 좀 더 넣어! 공을 골대에 넣으라고. 골키퍼를 뚫어. 세찬 공에 맞아 그물이 파도처럼 출렁이는 걸 보고 싶다고.

나는 바에서 종업원을 불러 서툰 이탈리아 말로 지지온이라는 사람이 여기에 있는지 묻는다. 여종업원은 기다려보라고 말한다. 그녀가 마흔 살, 혹은 그보다 좀 더 나이가 든 것 같은 진지한 남자에게 뭔가 말한다. 손님들과는 술을 마시지 않는 부류의 사람 같다.

---

37) 빨강과 검정.

그가 나에게 묻는다.

"지지온을 만나고 싶으시다고요?"

"네, 안젤라 펠리체Angela Felice가 여기 오면 그분을 만날 수 있을 거라고 해서요."

"지지온은 저녁 먹으러 갔어요." 그가 숟가락을 입으로 가져가는 시늉을 하며 말했다. 내가 말을 다 알아듣지 못한다는 걸 알아차린 것이다.

"반 시간 뒤에 올 겁니다. 오면 제가 불러드리지요."

"고맙습니다. 참, 화이트 와인 한 잔 더 주세요."

콘라드―나중에 알게 된 그의 이름이다―가 프리울리 산 새로운 와인을 나에게 한 잔 따라준다. 탈리아멘토 강물처럼 맑은 와인인데, 조심스레 몇 모금으로 나눠 마셔야 한다.

콘라드가 말을 잇는다.

"아시겠지만, 지지온은 나이가 무척 많습니다. 그래서 정신이 예전만큼 온전하지 못해요. 그분하고 얘기할 때는… 가만히 있어야 합니다. 저녁 식사 후 내려오시면 불러드릴게요."

라치오가 동점을 만든다. 양 팀 모두 한 골씩이다. 장내가 시끌시끌하더니 막 도착한 청소년 무리가 떠드는 소리에 합류한다. 큰 소리로 농담하는 사람, 친구들에게 속이야기를 털어놓는 사람, 그리고 말소리가 들리지 않는 사람도 있다. 그들은 모두 경기에 빠져 있다. 잔을 입으로 가져갈 때도 눈을 텔레비전 중계 화면에서 떼지 않는다. 술을 흘리지 않고 마시기란 여간 까다로운 일이 아니다. 1927년부터 술을 팔고 있는 카페의 어슴푸레한 빛 가운데 축구 동작이 행해질 때마다 벽에 붙은 모든 장식들이 되살아난다.

마침내 젊은 여종업원이 내 어깨를 툭 치고 미소 지으며 말했다. "지지온이 왔어요." 그러고는 손가락으로 루이지 지지온Luigi Gigion을 가리켰다. 오랜 세월에도 오그라들지 않은 사람이다. 키가 1미터 90센티미터인데 허리가 거의 굽지 않았다. 눈에 눈곱이 끼었고, 눈길이 맹인의 눈길처럼 투명하다. 주름진 피부는 파충류의 살갗처럼 두껍다. 빨간 줄무늬가 있는 올리브색 체크무늬 양복을 입고 넥타이를 맸다. 나이가 들어도 기품을 잃지 않는 사람들이 있다. 지지온은 머리카락이 거의 반투명해 보일 정도로 하얘서 슬라이드의 음극 빛을 반사하는 키 큰 백인 남자다. 그가 쩍쩍 갈라진 손으로 내 손을 잡는데, 손아귀의 힘이 억세다. 나는 설명한다.

"안젤라가 보내서 왔어요. 파졸리니와 알고 지내셨다고요."

"그렇소!" 그가 잘라 대답한다.

"잠깐 얘기 좀 나눌 수 있을까요?"

"그럼, 그럼요. 밖으로 나갑시다."

술이 혀를 풀리게 만든다. 이탈리아어를 말하는 내 모습이 놀랍다. 고등학교에서 보낸 시간도 결국 쓰일 데가 있군…. 지지온이 카운터를 돌아보며 손가락 두 개를 들어올려 프리울라노 두 잔을 주문한다. 라치오가 앞서고 있다. 2 대 1. 밖으로 나가기 전, 우리는 텔레비전 화면의 슬로모션 동작에 힐끗 눈길을 던진다. 할 말이 없다. AC 밀란은 가라앉고 있다.

테라스의 공기는 신선하다 못해 거의 달콤하다. 그

런 공기가 와인과 섞이니 파졸리니가 이야기하는 밤들과 유사한, 진짜 프리울리의 밤이 된다. 자동차 몇 대만이 아직 지방도로를 통해 카사르사를 지나고 있다. 지지온은 너무 꼿꼿해서 경직된 것처럼 힘겹게 걷는다. 마치 아무도 그에게 고개 숙이는 법을 가르쳐준 적이 없는 것 같다. 나는 그가 앉는 것을 도와주고 싶다. 그러나 소용없다. 그는 도움을 거절하고 버드나무 의자에 겨우 앉고는 심호흡을 한다.

"좋아, 좋아요…. 이탈리아어는 좀 하는가?

"조금, 조금 합니다."

하지만 나는 그런 것은 중요하지 않다고 이해시켰다. 그의 이야기를 들으려는 것이기 때문이다. 그가 쉰 목소리로 말한다. "여기, 여기요! 그가 바로 여기 살았소." 그가 길 건너편에 있는 덧창 닫힌 콜루시 집안의 집을 가리키며 말한다. "우리는 이곳 광장이나 포르데노네 학교에서 만나곤 했지요."

루이지 지지온은 줄곧 이곳에서 살았다. 아버지가 운영하다가 아들에게 넘어간 그의 카페에서. 그는 내

뱉는 문장마다 감탄문이다. 그 문장들은 그의 고향인 이곳 카사르사에 대해, 그의 말에 따르면 대도시를 별로 꿈꾸지 않고 고향 마을에 애착을 가진 인근 청년들에 대해 감탄한다. 콘라드는 지지온이 조금 횡설수설할 거라고 나에게 미리 일러주었다. 횡설수설이 시작된 걸까…. 그런데 아니다. 그는 여전히 흥분해서 쉰 목소리로 나에게 많은 것을 이야기한다. 나는 그 반밖에 못 알아듣겠다. "파졸리니는 술꾼이 아니었어요. 스포츠맨이었지!" 재미있어하며 웃다가 그가 털어놓는다. "피에르 파올로가 나에게 노래를 한 곡 헌정했지요." 안젤라에게 이미 들은 이야기지만 그의 목소리로 직접 듣고 싶었다. 그는 곧 그 노래를 부를 태세다. 우리는 실외에 있다. 중계방송 해설자의 목소리가 아미치 유리창 밖에서는 잘 들리지 않는다. 지지온은 노래하다가 더듬거리고, 다시 고쳐 부르고, 사투리의 미묘한 차이를 자세히 설명한다. 그는 내가 한 마디도 놓치지 않기를 바란다. 그는 자신의 노래를 자랑스러워한다. 보아하니 그동안 자주 부른 것 같다. 그의 얼굴이

환하게 빛난다. 그는 삐거덕거리는 긴 들숨 틈틈이 숨 가빠한다.

카사르사의 소녀들아,
들판에 나가 꽃을 꺾으렴
어머니를 위한 꽃다발 하나
가수들을 위한 작은 꽃 한 송이
선생님—피나 칼Pina Kalc, 지지온이 노래를 멈춘
다—은 키는 무척 작지만
매우 섬세하고 고귀한 분이라
(바이올린으로)
우리를 위해 빌로타[38]를 흥겹게 연주해주시지.

나는 미소를 짓는다. 이 무슨 행복인가, 얼마나 행복한 우연인가! 이제 나는 내가 술을 몇 모금 마셨는지

---

38) 주로 이탈리아 북부에서 불리던 민요로, 방언을 가사로 하여 지방색을 드러내는 것이 특징이다(―옮긴이).

헤아리지 않는다. 술이 목구멍을 타고 미끄러져 들어간다. 모든 것이 달콤하다. 나는 지지온과 함께 파졸리니를 한껏 경험하고 있다. 그는 우리와 함께 있다. 무척 호리호리하면서도 강건해서 사람들이 지지온이라는 별명을 붙여준 그의 친구 루이지가 흥얼거리는 빌로타 속에 있다. 그러는 동안 40대로 보이는 두 사람이 카페 문을 밀어 열고 말한다.

"부오나 세라(안녕하세요), 지지온!"

"차오(안녕한가), 니코!"

"벨라 칸초네(노래 멋져요)!"

"그라치에, 그라치에(고맙네, 고마워)…."

지지온이 잔을 든다. 그들은 웃으며 카페의 포마이카 탁자들을 둘러싸고 축구 중계방송 화면 앞에 몰려 있는 남자들의 열기에 합세한다. 우리도 곧 그들과 합류한다. 지지온은 한기를 느낀다. 재킷을 입고도 몸을 떨고, 와인에 젖은 이를 악물었다. 그가 도개교처럼 천천히 몸을 일으키더니, 다시 카페 문을 열러 간다. 그가 천 번도 더 반복했을 동작이다. 나는 내밀함이라고는 존재하지 않는, 사람들로 꽉 찬 그 장소에서 내 집처럼 안심되는 느낌을 상상해본다. 그는 나와 함께 바에 자리잡고 다시 화이트 와인 한 잔을 주문한다. 나는 그와 함께 앉아서 축구 경기를 본다. "좋아, 좋아." 지지온은 만족감을, 소박한 순간의 기쁨을 표현해주는 유일한 말인 양 이따금 "좋아, 좋아"를 되뇐다.

옳거니, 라치오가 세 번째 골을 넣었다. 라치오가 독주하고 있다. 이곳은 자유지대다. AC 밀란 팬도, 라치오 팬도 없다. 손님들뿐이다. 심판의 마지막 호각 소리가 선수들을 탈의실로, 손님들은 침대로 돌려보낸다. 축구 경기보다는 술을 마시러 온 사람들만 술에 취해 넋 나간 얼굴로 남아 있다. 지지온이 콜루시 가문의 벽화를 보여준다. 탄생과 죽음이 있을 때마다 덧붙여 그려지는 프리퀄 같은 벽화다. 그의 다부진 손가락이 뒤죽박죽 섞인 그 가족 속에서 그의 이름을 가리킨다. 삶의 이야기. 600년도 더 전에 카사르사 땅에서 솟아난 콜루시 가문의 이야기. 그 가문이 바티스톤Battiston, 소콜라리Socolari, 파졸리니 가문을 낳았다…. 콘라드가 우리와 한자리에 앉아 그들의 가족사를, 가계를 천천히 설명해준다. 그는 되찾은 자료들을 모아 수산나 콜루시 파졸리니의 책에 힘을 보탠 사실을 자랑스럽게 설명한다.

콘라드가 아버지는 지쳤다고 말한다. 지지온은 자러 간다. 나는 술에 취해 몽롱한 상태로 계산을 한다. 파리에서 2파인트쯤 마신 값이다. 우리 사이에는 엄숙한 인사도, 술 취한 학생들이 나누는 포옹도 없다. 그렇게 나는 글리 아미치와 지지온을 떠나온다. 텔레비전 화면은 이미 꺼져 있다. 로마의 올림피코 경기장에서 라치오가 AC 밀란을 3 대 1로 이겼다. 마르코 파롤로Marco Parolo가 두 골, 미로슬라프 클로제Miroslav Klose가 한 골을 넣었다. 득점은 메네즈Ménez가 넣은 골로 밀란이 먼저 했지만. 아마도 나는 이 경기를 카사르사에서 들은 빌로타처럼 계속 기억하게 될 것 같다.

5

나는 아직 취기가 남은 상태로 일어난다. 아침은 특별하고, 사는 것도 특별하다. 행복이 일요일 술의 떨림과 섞여 내 안에서 여리게 전율한다. 숨만 한 번 내쉬어도 사라질 것만 같다.[39]

반쯤 닫힌 겉창 너머로 벌써 빛이 일렁이며 새어들고 있다. 어제부터 내 소지품들은 한가한 1월의 이 호텔 방에서 꼼짝하지 않았다. 배를 드러낸 가방 위에는 취해서 돌아온 어젯밤 아무렇게나 벗어던진 옷가지가 널려 있다. 목이 타서 수도꼭지에 입을 대고 물을 벌컥벌컥 마신다. 호텔 주차장 쪽으로 난 창문을 활짝 연다. 저 멀리 시립 축구장이 보인다. 나는 카사르사의 수줍은 아침 기상을 떠올려본다. 파졸리니가 모든 것을 각오하고 떠오르는 해와 함께 일어나는 일상의 멋

---

39) 피에르 파올로 파졸리니, 〈불순한 행위〉.

진 습관을 다시 시작하던 그 모든 아침들을. 정해진 시간에 종소리가 울리고, 어린아이들이 집안을 뛰어다니고, 어머니는 집안일로 벌써 분주한 아침. 나는 시인이 잠에서 깨어날 때 유쾌했으리라 믿고 싶다. 그는 행복을 안다. 그는 삶이란 멋지며, 매일이 우리가 기획하는 새로운 삶이라는 것을 인정한다.

나는 컴퓨터를 켜고 키스 자렛Keith Jarrett의 '쾰른 콘서트'를 듣는다. 일주일에도 여러 번 듣는 피아노 선율이다. 이 선율이 나를 파졸리니의 세계로 실어가기 때문이다. 난니 모레티Nanni Moretti는 영화 〈나의 즐거운 일기〉 끝에 이 피아노 선율을 배경으로 깐 채 베스파 스쿠터를 타고 파졸리니가 죽은 장소를 향해 간다. 나는 무의식적인 모방으로, 거의 강박적으로, 파졸리니를 더 깊이 떠올리고 싶을 때마다 키스 자렛을 듣는다.

불안증을 해소해주는 약을 삼킨다. 반으로 갈라진 조그만 파란색 알약이다. 일 년 전부터 이 증세를 앓고 있다. 위력을 짐작할 수 없는 병이다. 삶을 너무 사랑해서 절망한 청춘들의 암이다. 우울증과는 전혀 다른 병이다. 이 병을 앓는 이들은 죽음을, 떠남을 두려워한다. 그렇기에 폐 위로 으깬 감자처럼 밀도 높은 안개가 떠돌아 질식할 것만 같다. 그것이 우리의 목을 옥죈다. 임박한 죽음에 대한 불안. 그것이 다른 이들과 우리 사이에 짙고 차가운 안개처럼 자리해 우리를 현실 세계에서 멀어지게 한다. 불안은 실존에 지나치게 집착하는 사람들의 질병이다. 내가 이 말을 하는 것은 젊은 시절 파졸리니가 불안증의 발작을 경험했다는 사실을 뒤늦게 알게 되었기 때문이다. 나는 우연의 장난을 좋아하지 않는다. 그러나 이 발견을 통해 젊은 파졸리니가 경험한 삶의 정신적·육체적 상태를 조금 더 이해하게 되었다. 그 시절 그는 자신의 불안증에 대해 이렇게 썼다.

심장이 생명의 모터임을 오래전에 알고, 나는 심장박동이 갑자기 멈추지 않을까 하는 느닷없는 두려움에 사로잡혔다.

물 한 모금과 함께 알약이 내 몸속으로 뛰어든다. 이 물감이 느껴진다. 서둘러 샤워를 마치고, 커피 한 잔과 잼 바른 크루아상을 먹는다. 커피를 한 잔 더 마시고 재빨리 일요일의 카사르사로 나왔다. 성당은 일요일에 미사를 세 차례 진행한다. 나는 성당 입구 문틀에 등을 기대고 서서 9시 반 미사에 참석한다. 성당은 터져나갈 정도로 꽉 찼다. 독실한 노처녀 신도들이 교리문답 교육을 받는 아이들과 나란히 앉아 있다. 그들은 차례로 뒤를 이어 기도를 한다. "이리들 나오세요." 사제가 아이들에게 주기도문을 암송시킨다. 모두들 서로 손을 잡는다. 나는 문화적·종교적 동요를 느낀다. 그러나 영적 동요는 아니다. 많은 사람들이 머리를 단정하게 빗고, 시련의 흔적이 역력한 얼굴의 물질적 연장 같은 긴 외투를 말끔히 차려입고 서 있다. 교구 소식을 전하는 시간에 나는 이 마을의 극장 이름이 '파졸리니 극장'이라는 사실을 알게 된다. 교리문답을 받는 아이들이 거기서 성 요한 보스코에 관한 작품을 공연한다. 미사가 끝나자 북새통이 벌어진다. 사람들은 파견송도 기다리지 않고 대화를 시작하고, 이미 꽉 찬 앞뜰로 나가려고 신자석 밖으로 미끄러지듯 빠져나간다. 독실한 노처녀 신도들이 사람들 무리 속에서 쉴 새 없이 움직인다. 성당 문이 열리고 닫힐 때마다 길에서는 오르간 선율이 마치 억눌렸다가 선명해지는 숨소리처럼 들린다. 나는 엑스트라로서 그 연극 작품을 지켜본다. 포도밭, 길 끝 포도나무 덤불 너머의 다른 성당들도 신도들을 토해낸다. 포르데노네, 발바소네, 산 비토, 그리고 더 멀리 산 다니엘레에서도…. 그 성당들의 종소리가 아직 잠들어 있는 자들을 흔들어 깨운다.

나는 마을 광장으로 가서 다시 아미치에 들어간다. 카페는 한결 조용하다. 여전히 남자들이 탁자 앞에 앉아 있다. 미사에 가지 않는 사람들이다. 어제와 똑같은 얼굴들이다. 그들은 〈라 가제타 델로 스포르La Gazzetta dello Sport〉나 〈일 가제티노Il Gazzettino〉를 읽고 있다. 어제의 경기들을 기사로 다시 보는 것이다. 그들은 커피를 마셔 깔끄러운 혀에 손가락을 댔다가 신문을 한 장씩 넘긴다. 딱히 읽는 것은 아니다. 지지온이 와서 나에게 인사를 건넨다. 그는 바 뒤에 서 있다. 팔꿈치를 괴지 않고 바에 등을 댄 채, 거리의 불빛을 마주하고 입가에 미소를 띤 채 여전히 투명한 눈길로. 그는 그저 커피를 마시기 위해 엄숙하게 몸을 돌린다. 지지온은 변함이 없다. 어제와 같은 어두운 색 재킷을 입고 있어 흰 머리카락과 그을린 살갗이 더 도드라져 보인다. 나는 화이트 와인을 한 잔 주문한다. 바의 등받이 없는 의자에 앉아 아무 말 없이 마신다. "좋아, 좋아", 루이지 지지온이 똑같은 말을 반복한다. 얼마 후 그는 한 걸음씩 천천히 걸어 친구들 사이에 가서 앉는다. 벽에 걸린 깃발들은 평온히 잠들어 있다. 축구 선수들도 휴식 중이다. 텔레비전도 꺼져 있다. 사람들은 다음 중계방송 때까지 나른하게 기지개를 켠다.

***

　카사르사에서 보내는 마지막 날 아침에는 마을에서 좀 떨어진 북쪽으로 이어지는 발바소네 도로의 마을 묘지에 가기로 계획해두었다. 파졸리니는 가족과 함께 그곳에 묻혀 있다. 안젤라가 미리 말해주었다. "매장 방식을 보면, 그 가족의 삶이 어땠는지 많은 것을 알게 될 거예요." 가족은 묘지에 흩어져 있다. 꼿꼿하고 억세고 무심한 병졸 같은 소나무들이 묘지 입구를 둘러싸고 있다. 아버지 카를로는 혼자 묻혀 있다. 불안정하고 번뇌하던 남자, 아버지 중의 아버지, 아들들을 사랑한다고 말하는 데 서툰 아버지였다. 자식들을 남자로 만들고 싶지만 어떻게 다가가야 할지 알지 못하던, 병적인 남성성을 표출하던 아버지들 중 한 명. 타원형 틀 속에 짙은 갈색을 띤 그의 얼굴이 보인다. 그는 1958년 로마에서 사망했다. 파졸리니는 이 아버지에 대해, "간경변 환자의 끔찍한 분노와 편집증 증세"[40]에 대해 거의 말하지 않았다. 나는 아버지가 사망한 뒤 그가 쓴 시구를 발견했다.

---

40) 피에르 파올로 파졸리니, 《나는 누구인가》.

아, 더는 나의 아버지가 아닌 아버지, 그저 아버지일

뿐인 아버지,

당신이 원할 때

꿈속을 다녀가는 아버지….

[…]

당신이 언제나 아버지로서 원했던 현실이 바로 세상

이다.

아들인 나는 번번이 모든 것을 겪어야 했다,

아들들이 겪어야만 하는 그 모든 비통한 일들을.

여기서 낯선 고통의 첫 번째 모르모트인 나를 다시

본다.[41] […]

　　겨우 몇 미터 떨어진 곳에 귀도가 저항군 동료들과

함께 묻혀 있다. "희생자로 죽은" 그들은 여섯 명이다.

"우리보다 월등히 나은 아이였는데." — 나는 파졸리니

가 동생에 대해 한 이 찬사를 다시 떠올렸다. 파졸리니

---

41) 1963년 1월 30일에 쓴 시 〈그러면 아프리카는?E l'Africa?〉, 시집 《박해》 중.

는 어머니와 같은 묘소에 있다. 그는 줄곧 어머니와 함께, 어머니를 위해 살았다. 그리고 수산나는 죽은 아들과 강박적인 남편에 대한 아픔을 평생 품고 있었고, 남은 행복을 피에르 파올로에게 쏟아부었다. 자신의 마지막 남은 내장인 파올로에게. '비사레 메Vissare me[42]', 이곳 사람들은 자기 자식을 이렇게 부른다. 지독하게 아름다운 표현이라는 생각이 든다. 수산나는 자신의 가여운 심장이 내지르는 전쟁의 함성 같은 이 말을 몇 번이나 내뱉었을까?

두 무덤의 포석은 나란히 붙어 있고, 탈리아멘토의 자갈로 분리되어 있다. 그들의 무덤은 마치 메말라버린 모래톱 같다. 꽃다발은 없다. 카사르사는 너무 외져서 파졸리니를 사랑하는 사람들이 추모하러 오기 쉽지 않다. 나는 쪼그리고 앉아 차가운 포석을 만져본다. 묘소를 감싸는 비문도 없다. 그냥 이렇게만 적혀 있다.

---

42) '내 심장', 글자 그대로 번역하면 '나의 내장'이라는 뜻이다.

피에르 파올로 파졸리니

(1922~1975)

누군가의 무덤 앞에 서면 마음이 쉽게 동한다. 키치 냄새가 살짝 난다. 그래도 나는 그 쉬운 감정에 나를 맡긴다. 뭔가에 덴 느낌이 든다. 뜨거운 커피에 성급히 달려들었다가 덴 느낌.

묘지의 자갈 깔린 산책로로 몇 발짝 걸어본다. 웬 할머니가 자전거를 놓아두었다. 그녀는 죽은 이들을 방문하고 있다. 파졸리니의 무덤 뒤에 그의 할머니 줄리아의 무덤이 있었다. 줄리아의 무덤에 새겨진 글은 파졸리니가 직접 쓴 것이다.

하늘에서 우리를 수줍게 지켜봐주세요

할머니가 이 집의 어둠 속에

미망 없이 앉아 계셨을 때처럼.

마침내 나는 죽은 자들의 장방형 공간을 떠난다. 지

방도로의 길가, 소나무 아래 세워둔 내 자동차를 향해 간다. 프리울리 그리고 이곳의 화이트 와인을 떠날 시간이다. 여기서 나는 파졸리니가 카사르사에서 쓴 시집 《무언가에 대한 꿈》에 실린 시 〈불순한 행위〉의 줄거리를 알아보았다. 파졸리니가 편지에서 이야기하는 그의 일상생활과 첫 사랑들을. 그가 사랑하고 싫어한 이 고장을. 그의 글은 삶과 모순되고 끊임없이 부딪치기에 그만큼 흥미롭다.

나는 홀로 들판을 가로지른다. 텅 비고 무한한 프리울리의 내면을 걷고 또 걷는다. 이 땅에서 저 사람들이 똥을 눈다고 생각하면 모든 것에서 돌풍 같은 악취가 느껴지고, 모든 것이 내게 구역질을 안긴다. 이 땅에, 이 머저리 같은 땅에 침을 뱉고 싶다. 초록의 풀을 자라게 하고, 노랗고 파란 꽃을 피우고, 오리나무에 싹을 틔우는 이 땅에. 몬테 레스트Monte Rest에, 저 멀리 프리울리 끄트머리에 자리한, 바스Basse 뒤에 숨어 보이지 않는 아드리아 해에 침을 뱉고 싶다.

카사르사 사람들의 얼굴에도, 저 이탈리아인들, 저 기독교인들의 얼굴에도 침을 뱉고 싶다. 모든 것이 총살의 악취를, 발 냄새를 풍긴다. 대체 무엇이 나를 이 땅에 묶고 있나?[43]

그는 이렇게 쓴다.

그러나 끊임없이 카사르사로 돌아오며 기뻐한다.

이제 나는 카사르사의 대기 한가운데 있다. 나의 모든 습관들, 나의 모든 악취, 갑작스레 향기가 나는 나의 정맥들을 고스란히 되찾는다.[44]

1950년 파졸리니는 어머니와 함께 카사르사를 완전히 떠난다. 그는 미성년자를 성추행한 혐의로 기소되고, 동성애 성향 때문에 따가운 눈총을 받으며 카사르

43) 1944년 2~3월, 카사르사에서 루치아노 세라에게 보낸 편지.《서간집》중.
44) 1947년 4월 8일, 카사르사에서 실바나 마우리Silvana Mauri에게 보낸 편지. 같은 책.

사에서 배척당하고, 그가 가입한 공산당에서도 축출된다. 그리고 로마행 기차에 오른다.

나는 마지막으로 카사르사 마을을 둘러본 뒤, 남쪽을 향하는 대로로 접어든다. 위에서 프리울리를 압도하는 알프스 남부의 산들이 나에게 등을 돌리고, 뽕나무와 아카시아가 늘어선 포도밭 위로 그 하얀 눈 빛깔을 던져 조화를 이룬다. "토요일, 토요일, 언제나 토요일…." 내가 빌린 작은 피아트 자동차 안에서는 지역 라디오 방송이 이탈리아의 최신 가요를 쏟아내고 있다. 광고로 간간이 중단되는 그 가요들이 키스 자렛의 피아노 선율을 대체했다. 추위 타는 그 아르페지오 선율을.

La Piste Pasolini

2부

6

파졸리니는 사도 바울에 관한 영화를 찍고 싶어 했다. 나는 그 사실이 놀랍지 않다. 파졸리니의 글에는 다마스쿠스로 가는 길에 회심한 바울과 유사한 점이 있다. 하느님이 묻는다. "사울아, 사울아, 네가 왜 나를 핍박하느냐?" 파졸리니가 하느님에게 묻는다. "주여, 왜 저를 핍박하시나이까?" 사도 바울과 파졸리니. 박해받은, 로마의 문턱에서 죽임당한 두 얼굴.

[…] '오늘 여기 우리 가운데 사도 바울이 있다고', 거

의 육체적으로, 물질적으로 자리하고 있다고 […] 관객에게 말하기 위해, 그가 우리 사회에 호소하고, 우리 사회 때문에 울고, 우리 사회를 사랑하고, 협박하고, 용서하고, 공격하고, 다정하게 얼싸안는다고 말하기 위해.[45)]

파졸리니는 사도 바울을 현대사회 한가운데로 옮겨놓는다. 전쟁 후 세계의 진원지가 된 뉴욕이 로마를 대체한다. 파졸리니는 이미 1926년에 "내일의 광기는 모스크바가 아니라 오히려 맨해튼에 있다"라고 쓴 체스터턴Gilbert Keith Chesterton[46)]과 의견을 같이하는 것 같다. 바리새인들은 우리 시대의 지식인과 저널리스트들이고, 바울은 우리 대도시들 중심에서 벌어지는 강연과 좌담회에 개입한다. 뉴욕의 빌딩들 아래에서 파졸리니는 자신이 마틴 루터 킹과 같은 호텔에서 살해

---

45) 피에르 파올로 파졸리니, 《사도 바울》(시나리오).
46) 1874~1936, 영국의 언론인 겸 소설가. 정치·사회 비평 및 문학비평 분야에서 활동했다. 주요 저서로는 《브라운 신부의 결백》 등이 있다(—옮긴이).

당하는 모습을 상상한다. 이 영화는 투자자를 찾지 못했고 끝내 만들어지지 않았다. 출간된 시나리오는 쉽게 읽힌다. 만약 만들어졌다면 〈마태복음〉의 후속작이 되었을 이 영화의 제작이 무산된 지 벌써 40년도 더 지났지만, 파졸리니의 글은 여전히 시사성을 띤다. 나는 다음의 글도 기억하고 있다,

> 예수 그리스도 이후 1970년이 흐른 지금, 사람들이 살고 있는 집, 광장, 거리보다 더 삭막한 사막은 앞으로도 없을 것이다. 이곳은 고독이다. 너와 똑같은 상점에서 산 옷을 입고, 너와 똑같은 가게들을 드나들고, 너와 똑같은 신문을 읽고, 너와 똑같은 텔레비전을 보는 이웃과 어깨를 나란히 하고 있지만, 이곳은 침묵이다.[47)]

현대도시는 저마다 사막을 갖고 있다. 카사르사에

---

47) 파졸리니, 《사도 바울》.

서 한 시간 거리에 있는 트레비소Treviso로 들어서면서 나는 1970년대의 사막보다 더 삭막한 사막을 발견한다. 트레비소는 성벽에 둘러싸였고 운하 몇 개가 있는 장방형 도시다. 거의 모든 길이 광장으로, 들로 이어진다. 길들은 매혹적인 시골 마을의 속성을 모두 갖췄지만 돈이 그 매력을 쓸어가버렸다. 이 일요일 오후, 트레비소의 골목길들은 역겹다. 사막이라는 은유는 어느 곳보다 이곳에서 사실적이다. 상점들이 모두 문을 열었고, 감흥 없는 똑같은 음악을 거리로 토해내고 있다. 옷걸이를 잔뜩 실은 카트가 최신 유행의 옷가지들을 실어 나른다. "세일, 세일, 세일." 축복받은 세일 기간이다. 상점들이 영업시간을 잊는 기간. 군중이 상점들로 밀려들어 들락거리고, 유리병 속 올챙이들처럼 복작댄다. 나는 놀랐다. 작은 마을 분위기를 기대했는데, 번쩍이는 패딩에 워싱 진을 입고 머리엔 무스를, 피부엔 크림을 잔뜩 바른 신흥부자들의 게토를 발견한 것이다. 트레비소의 냄새는 향수 상점에 다가갈 때 나는 냄새다. 습한 에어컨 공기와 명품의 향기가 뒤섞인 역

겨운 냄새다. 트레비소에서 느껴지는 대비는 훨씬 더 강력하다. 유적 위에 세워진 도시가 주민들의 저속한 자부심에 지친 것처럼 보이기 때문이다. 몽클레어의 신제품 패딩을 입은 자부심, 파운데이션을 덕지덕지 바른 여자를 끼고 다니는 자부심. 그 자부심이 하이힐을 신고 포석 위를 걸으며 곡예를 부리고 있다.

일요일 오후는 소비의, 윈도쇼핑의 성스러운 순간이다. 성스러움이 부재하는 성스러운 순간[48]이다. 포 강 벌판에 자리한 감미로운 작은 마을에서 이런 느낌을 접하고 보니, 소비 시스템의 부조리가 한층 더 부각된다. 이런 시스템이 대도시에만 있을 것 같은가? 아니다. 이런 소비 시스템은 거대도시에서 중소도시, 그리고 마을까지 서서히 점령해오고 있다. 항상 곳곳에 음악이 들리도록 스피커를 거리마다 설치하는 사치를 허용하는 마을 지자체도 종종 있다. 파졸리니는《사도 바울》

48) '성스러운'을 뜻하는 프랑스어 sacré는 '빌어먹을', '고약한' 등의 반어적 의미도 내포하고 있다(-옮긴이).

에 "일상이 아닌 다른 사막의 은유는 없다"라고 썼다.

***

트레비소 중심가를 떠나 성곽 뒤로 접어든다. 바로 그곳에 니코 날디니Nico Naldini가 살고 있다. 파졸리니의 프랑스어 대표 번역자이자 작가인 르네 드 세카티가 그의 주소를 알려주었다. 나는 즉석에서 그를 찾아가기로 마음먹는다. 그런데 날디니는 일 년 중 많은 시간을 튀니지에서 보내므로, 집이 비어 있지 않을까 싶다. 그런들 어떠랴. 종종 우리가 주도하는 뜻밖의 만남이 진짜 만남이 되곤 한다. 일방통행로 사이에서 뱅뱅 돌다가 중앙역 앞을 지나고 병원 앞에서 도니 다시 역이 나온다. 길을 헤매고 있다. 마침내 종이쪽지에 적힌 주소 바로 맞은편에 있는 작은 주차장에 다다랐다. 나는 파졸리니와 가장 가까웠던 친구 중 한 사람을 그 우중충한 문 뒤에서 보게 될 희망을 품고 필기도구를 찾는다. 니코 날디니는 사촌 지간인 파졸리니에 대한 치밀한 전기를 쓴 저자이기도 하다. 에이나우디 출판사에서 발행한 《파졸리니, 어떤 삶》. 가장 최근에 출간된 이 책의 이탈리아어 판본 도입부에는 파졸리니의 그림 몇 장이 실려 있다. 대개 1940년대에 카사르사에서 연필로 그린 초상화들이다. 마지막 그림에는 반바지를 입고 앉아 그림을 그리는 니코 날디니의 모습이 담겨 있다. 〈그림 그리는 니코, 카사르사〉. 니코 날디니는 사촌의 예술 유산에 영감을 주기도 했지만 그 자신이 시인이다. 르네 드 세카티가 편역한 그의 시집은 프랑스에서 '나는 쪽빛 들판에서 돌아온다'라는 제목으로 출간되었다. 역시나 이 시집에서 프리울리는 어린아이의 뺨처럼 상큼하고 섬세한 글의 멋진 배경으로 등장한다.

날디니. 나는 인터폰을 누른다. 몇 초 뒤, 웬 목소리가 누구냐고 묻는다. 어설픈 이탈리아어로 내 소개를 한다. "트레비소에 잠시 들른 프랑스 학생입니다. 잠깐 얘기를 좀 나눌 수 있을까 해서요." 이어지는 침묵이 꽤 길게 느껴진다. 실은 노신사가 숨을 가다듬는 시간

정도일 텐데. "들어와요, 들어오세요." 자동문이 원격 조종되는 기계의 윙윙거리는 소리를 내며 천천히 열린다. 나는 오른쪽에 있는 정원의 대피소처럼 보이는 오두막을 지나 안쪽 빌라를 향해 걸어간다. 그런데 뒤쪽에서 소리가 들린다. "아니, 이리 오시오, 이쪽으로." 내가 오두막으로 여겼던 건물이 니코 날디니의 집이었던 것이다. 혀 모양의 땅 위에 삐죽 나온 차양 아래 문으로 들어선다. 토기 항아리, 쇠사슬로 묶인 자전거, 쓰레기통, 공구함 등 온갖 잡동사니가 가득하다… 초목이 지붕을 집어삼키고 반쯤 닫힌 덧창까지 공략하고 있다. 그 놀라운 세계 너머로 마침내 나는 프리울리에서 여러 차례 만난, 꿰뚫어보는 듯한 까만 눈길과 마주친다. 둥근 얼굴에 양초처럼 새하얀 머리카락을 지닌 작달막한 노인 니코 날디니가 나를 향해 다가온다. 나는 그의 힘없는 손을 맞잡는다. 그가 나에게 빛이 겨우 스며드는 굴 같은 집 안으로 들어오라고 권한다. 거실에는 책이 넘쳐난다. 군데군데 휘어진 책장 위에도, 소파 발치에도 책이 가득 쌓여 있다. 책의 페이지들,

건전한 밀폐, 먼지 쌓인 나무가 발산하는 냄새가 얼굴을 때린다. 나는 그 냄새에서 사람들이 상스럽게 '노인 냄새'라고 부르는 것을 알아차린다. 니코 날디니를 따라 그의 방으로 들어간다. 그는 나에게 의자 하나를 내주며 앉으라고 권하고, 자신은 두꺼운 빨간색 스웨터로 온몸을 감싼 채 침대에 앉아 벽에 등을 기댄다. 나는 너무나 갑작스러운 사태에 얼떨떨하고 파졸리니와 그토록 가까이 지냈던 사람과 마주하고 있다는 사실에 감격한 나머지 처음엔 말을 더듬었다. 그러다가 마침내 할 말을 찾고, 대화가 이어진다. 나는 프랑스어로 말하고, 그는 이탈리아어로 대답한다. 그의 말은 흠잡을 데 없이 명료해서 나도 잘 알아들을 수 있었다. 니코 날디니의 눈빛은 죽음의 순간에 아무것도 후회하지 않을 만큼 충분히 산 노인의 피로한 눈빛이다. 그러나 우리가 나눠야 할 이야기는 삶에 관한 것이다. 나는 글쓰기에 대한 그의 취향과 파졸리니와의 우정에 관해 이야기를 꺼낸다. 두 사람의 차이는 두 사람을 서로 가까이 다가가게 한 요소이기도 하다. 그가 말한다.

"글쓰기에 대한 나의 열정은 피에르 파올로의 그늘 밑에서 생겨난 것이 아니라오. 만약 그랬다면 나는 그를 견디지 못했을 거요. 나는 그와 동일한 것에 관심을 갖지 않았어요. 이미 내 세계가 있었지요." 니코 날디니는 공부를 하러 프리울리를 떠나 파도바로 갔고, 얼마 후엔 트리에스테로 갔다. 파졸리니가 어머니와 함께 완전히 로마로 망명했을 때, 날디니는 밀라노에 살고 있었다. "그렇지만 그를 보러 자주 로마로 내려갔지. 그를, 그리고 우리의 친구들을 보려고. 알베르토 모라비아, 산드로 펜나Sandro Penna…."

니코 날디니는 지난 세기의 위대한 이탈리아 작가들과 어울렸다. 파졸리니가 몇 년간 고통과 고독의 세월을 보내긴 했지만, 로마에 오자마자 금세 가까이 지낸 이들이다. 파졸리니는 1950년 2월 10일에 벌써 어느 편지에서 로마를 자신의 '새로운 카사르사'처럼 이야기한다. 그는 그곳에 남을 것이다.

그의 사촌 그리고 두 사람의 친구인 작가들에 대해 이야기하다가 이 시대의 유산 이야기로 이어졌다. 나는 니코 날디니에게 물었다.

"이탈리아 청년들은 파졸리니를 기억합니까? 그의 유산을 지킵니까?"

"뭐라고 대답해야 할지 모르겠군. 보시오, 나는 이 작은 집에 살고, 자주 튀니지에 간다오. 이곳과는 접촉이 거의 없어요. 하지만 이탈리아 문화가 많이 무너졌다고 생각해요." 그가 한숨을 내쉰다. "많이, 많이 무너졌지….."

"이탈리아 현대 작가 중에 마음에 드는 작가가 있으신지요?"

"없어요, 이탈리아 문화에는 이제 관심 없다오."

그는 마른 피 색깔의 스웨터와 구분이 잘 안되는 빨간색 시트가 깔린 침대에 여전히 몸을 기댄 채 팔을 뻗어 머리맡 탁자 위에 놓인 책을 집어든다.

"보시오, 난 이렇게 라 로슈푸코La Rochefoucauld[49]를

---

49) 1613~1680, 17세기 프랑스의 고전작가. 간결하고 명확한 문체로 인간 심리의 미묘한 심층을 날카롭게 파헤쳤다. 대표 저서로는 《잠언과 성찰》이 있다 (―옮긴이).

읽고 있다오. 내 흥미를 끄는 이탈리아 작가는 이제 없어요. 마지막 위대한 작가들은 떠났어요. 산드로 펜나, 에우제니오 몬탈레Eugenio Montale. 내 친구들. 웅가레티Ungaretti, 특히 모라비아.

이탈리아 작가들 중 가장 위대한 세대는 1930~1940년대 세대라오. 카를로 에밀리오 가다Carlo Emilio Gadda, 조반니 코미소Giovanni Comisso…. 그러나 이방인이, 자네 같은 프랑스 사람이 가다의 언어를 이해하기란 어려운 일이지. 그 언어는… 방언에 '감염된' 언어니까."

뭐라 덧붙일 말도 없고, 현대 이탈리아 문학에 대해 아는 바도 없어서 끼어들 수가 없다. 그렇지만 프랑스의 상황을 생각하니 씁쓸한 미소가 지어진다. 프랑스로 가보자. 나는 니코 날디니와 뱅센 일화에 대해 이야기해보고 싶다. 1974년 12월 6일, 날디니는 영화 〈파시스트〉를 소개하기 위해 파졸리니와 함께 뱅센 대학에 갔다. 그 영화는 날디니가 로마에서 찾아낸 파시스트 선전 다큐멘터리다. 그는 이미지를 통해 선전하기가 얼마나 쉬운지 보여주기 위해 무솔리니ㅡ영화광이었던ㅡ의 방식으로 영화를 편집했다.

"한 여자 친구가 뱅센 대학에서 강의를 하고 있었다오. 나는 그곳에서 그 영화를 상영해 파시즘이 선전을 어떻게 활용하는지 보여주고 싶었어요. 하지만 사람들은 우리의 의도를 이해하지 못하고 우리가 파시즘을 선전한다고 생각했지. 그래서 내가 말하도록 내버려두지 않았다오."

나는 그 1974년 12월 6일의 영화 상영에 이어진 토론의 음향 자료를 찾아두었다. (의자 밀치는 소리, "시끄러워", "파시스트" 같은 고함과 야유 소리 등이 뒤섞인 소란 속에서) 날디니는 그 다큐멘터리 모음이 텔레비전 같은 것, 오늘날의 TV 뉴스 같은 것이라고 설명한다. 아니, 설명하려고 애쓴다. 권력이 활용하는 것과 동일한 방식의 선전이다. 그러나 토론은 불가능했고, 학생들은 잇달아 날디니와 파졸리니를 공격했다. 그들이 '고의적인 기획'을 했다고 비난했다. 음향 자료라서 목소리만 들리지만 당시의 장면이 생생히 그려졌다. 확신에 찬

68혁명 직후 장발의 학생들, 하시시를 피우며 세상을 만들던 그 학생들이 마이크를 번갈아 잡고는 대강당에 자리한 두 이탈리아인에게 욕설을 퍼부었다. 강연장은 투우장으로 변했다. "우리는 파졸리니가 여기 와서 우리에게 파시즘을 설명하는 걸 원치 않는다!" 그 학생들 중 한 명이 외쳤다. 날디니의 여자 친구인 그곳 교수는 이 영화가 이탈리아에서 발표되고 파시스트 당원들의 공격을 받았다고 설명했다. 하지만 그 설명은 비난을 연신 쏟아내는 그 군중 앞에서는 아무짝에도 소용없는 논거였다. 나는 파졸리니의 무심한 얼굴을 짐작해본다. 그는 이런저런 사람들의 정치적 확신을 마주하는 데 이력이 나 있었다. 그의 말소리는 들리지 않지만, 나는 그가 다리를 꼬고 앉아 불투명한 잔뒤로 눈길을 감춘 채 자신 앞에서 벌어지는 그 현실을 예의 주시하는 모습을 상상한다. 마침내 한 학생이 그 주제에 관한 파졸리니의 생각을 듣고 싶다고 청한다. 그리하여 그의 부드러운 목소리가 강당을 진정시키고, 그곳이 어떤 모습인지 묘사해 보여주길 희망해

본다. 그러나 파졸리니는 말을 하지 않는다. 마이크는 그가 있는 곳까지 오지 못한다. 한 학생이 마이크를 빼앗고 이렇게 외쳤기 때문이다. "파졸리니에게 말할 기회를 주지 맙시다. 그는 1968년에 혁명에 나선 학생들에게 폭력을 행사한 경찰을 지지했어요!" 그에게 말할 기회를 주지 맙시다… 그 학생은 이탈리아까지 뒤흔든 1968년 5월 사태 때 파졸리니가 〈렉스프레소〉에 발표한 시를 인용한다. "사랑하는 학생들이여, 나는 그대들을 증오한다." 확신들을 전복하는 도발적인 시인은 이렇게 썼다.

> 부잣집 아들의 얼굴을 한 그대들.
> 좋은 피는 거짓말을 하지 않는다.
> 그대들은 하나같이 못된 눈길을 지녔고
> 겁쟁이에 우유부단하고 좌절한다
> (완벽해!) 그러나 그대들은 알고 있다
> 어떻게 자신감에 찬 지배자가 되고, 공갈범이 되는지:
> 특혜 입은 소시민들, 내 친구들이여.

어제 그대들이 줄리아 계곡에서 경찰들과

치고받고 싸울 때

나는 경찰들과 친구가 되었다!

1968년 사건의 모든 모순이 이 시에 담겨 있다. 파졸리니는 가난한 이들에 대한 향수를 통해 경찰이 곧 민중임을, 학생들은 궁궐을 꿈꿀 뿐임을 잘 이해했다. 집안 좋은 학생들이 고용주에게 착취당하는 피아트나 지멘스 노동자들과 함께 시위를 해봤자 소용없다. 그들은 결국 자기 처지에 만족하는 유력인사들이 될 것이다. 68혁명이 있고 6년 뒤, 파졸리니는 뱅센에서 발언 기회를 얻지 못한다. 토론은 제대로 시작되지도 않은 채 중단되고 말았다.

니코 날디니가 웃으며 나에게 이야기한다. "다행히 아프리카 출신 흑인 청년들이 우리를 강당 밖으로 데려다주었지요."

집주인이 지친 것이 느껴진다. 대개 짧은 방문이 가장 강렬한 방문이다. 그런 방문은 영혼에 큰 파도를 남긴다. 나는 몇 가지 주제를 겨우 건드렸고, 그와 이야기하고 싶었던 또 다른 주제들은 잊었다. 할 수 없다. 그래도 나의 계획에 대해, '호소력 여전한 파졸리니'에 대해, 이 여정에 대해 그에게 설명한다. 나는 내일 로마로 갈 예정이다. 떠나기 전, 로마에서의 파졸리니의 삶에 대해 조금 알아보기 위해 몇 가지 조언을 구해본다. 그러자 무너져가는 이탈리아의 옛 망령들이 귀환한다. 나는 조언이 아니라 마지막 경고를 듣는다. "로마도 변했다오. 그가 경험한 로마, 그의 영화 속 로마는 더이상 존재하지 않아요. 현대성 속에 사라진 이탈리아지."

나는 니코 날디니를 남겨두고 떠나온다. 파졸리니와 가장 가까웠던 친구 중 한 명이자 그와 피를 나눈 사람이 여전히 글을 읽고 쓰는 작은 집을 뒤로한 채. 나는 트레비소의 군중 속으로 섞여든다. 겨우 저녁 6시인데, 벌써 겨울밤이 상점들로 이어지는 골목길에 내려와 있다. 일요일 저녁이다. 공공건물, 교회, 도서관, 모든 것이 닫혔다. 카페와 상점들만 열려 있다. 그 가게들은 곳곳으로 통하는 세상에 두 팔을 활짝 벌리고 있다. 사도 바울에 관한 시나리오 속 파졸리니의 계획은 여전히 울림을 안긴다.

사도 바울은 현수교, 마천루, 죽음의 스펙터클 앞에서도 멈추지 않고 지나가는, 의미를 잃은 무심하고 적대적인 군중, 거대한 도로를 따라 연신 맴도는, 짓누를 듯 거대한 군중으로 이루어진 극도로 현대적인 대도시 교외의 소란 속에서 고난을 견뎌낼 것이다. 그러나 이 강철과 시멘트의 세계 속에 '하느님'이라는 말이 울려 퍼진다(혹은 다시 울려 퍼졌다).[50]

하느님 없는 일요일.

---

50) 피에르 파올로 파졸리니,《사도 바울》.

7

나는 베네치아에 사는 친구 집에서 밤을 보내려고 1
시에 트레비소를 떠난다. 베네치아는 모두의 눈에 아름
다움이 공공연히 과시되는 비현실적인 도시다. 관광객
으로서 우리는 자신이 존재하지 않는 장소를 찾으면서
늘 자신이 어리석다고 느낀다. 베네치아에서 내가 느
끼는 가장 큰 기쁨은 기차를 타고 그곳에 도착하는 것
이다. 메스트레Mestre부터 베네치아 산타 루치아Santa
Lucia까지 이어지는 철로는 마치 마룻줄 같다. 초췌한
기차는 베네치아 석호의 첫 섬들 사이로 물 위를 미끄
러지는 것처럼 보인다. 파리에서 밤기차를 탄다면 이
광경을 보기 위해 오래전부터 깨어 있을 것이다. 내가
아는 한, 기차역에 들어서는 가장 아름다운 길이다.

그때쯤 되면 열차 칸은 헝클어진 시트며 목구멍까
지 가득 찬 쓰레기통이 널린 공터 같아진다. 밤새 닫혀
있던 창문에는 김이 맺혀 풍경에 착색유리의 효과를
입힌다. 산타 루치아에 도착하면 도시가 꼭 연극무대

같다. 승객들은 운하와 그 일렁임에 이끌려 수줍게 몇 발짝 밖으로 내디딘다. 그러나 어느새 떼 지어 이동하는 관광객 무리와 노점상들에 떼밀린다. 베네치아에서 내가 가장 좋아하는 건물 중 하나가 기차역이라고 말하는 건 운하에 침을 뱉는 것처럼 별 의미 없는 짓이다. 정적이면서도 현대적인 그 역은 제자리를 찾지 못한 도시에서 날아오르려는 듯 보인다. 아무도 그 역을 바라보지 않는다. 나는 조용한 1월을 틈타 화려한 날에만 숨 쉬고 베네치아 국제 영화제 동안에만 달뜨는 프랑스의 도빌Deauville[51] 같은 곳 리도Lido에 들른다. 겨울이면 리도는 절망에 빠진다. 고급 호텔들은 텅 비고, 레스토랑들도 문을 닫고, 토박이 부자들의 4륜 구동 자동차들만 석호 남쪽 반도를 휘젓고 다닌다. 모래 언덕을 훑고 지나가는 바닷물, 바닷가의 구멍 난 널빤지들이 버려진 고장을 떠올리게 한다. 그레코의 베네

---

[51] 프랑스 북부 해안에 있는 휴양도시. 영화 〈남과 여〉의 무대가 된 곳이며, 매년 3월에는 도빌 아시아영화제가 열린다(-옮긴이).

치아, 헨리 제임스와 스탕달의 베네치아, 이곳과 결혼한 수많은 작가들의 베네치아와는 상당히 거리가 멀다. 베네치아 연극과도 동떨어진 느낌이다. 우리는 무대 뒤 어둠 속에 남아 멀리 무대의 불빛과 소음을 지켜볼 뿐이다. 베네치아의 리도, 그리고 베네치아 역, 이 얼마나 부끄러운 집착인가….

나는 베네치아에서 한나절을 보내면서 파졸리니를 찾지 않는다. 이곳에는 그에 관한 것이 아무것도 없다. 거의 없다. 파졸리니의 아드리아 해는 더 서쪽, 트리에스테 쪽 베네치아 해변에 있다. 그는 1960년대부터 러시아와 독일 피서객들에게 점령당한 그 해변을 보았다. 그러나 탈리아멘토 강의 충적토와 더불어 그 해변 역시 그의 청춘기의 모래사장이다. 1959년 8월, 그는 피아트 밀레첸토를 타고 이탈리아 해안을 여행하면서 이렇게 말했다.

내 유년기와 청소년기의 해변이 여기서 시작된다. 이제는 발견이 아니라 대면이다. […]

이제야 내 집에 있는 것 같다. 베네치아에서 트리에스테로 가는 아드리아 해의 아치 모양은 내 청소년기의 남쪽 끝이다. 나는 이미 모든 것을 보았고, 모든 것은 내 뱃속에 있다.[52]

베네치아에는 파졸리니와 관계된 것이 아무것도 없다. 그런데도… 1967년 10월 26일, 파졸리니는 이탈리아 텔레비전 방송국 RAI의 한 다큐멘터리 방송[53]을 위해, 칩거 중인 시인 에즈라 파운드Ezra Pound를 만나러 그의 집 쿠엘라 체리니Quella Cerini로 찾아간다. 나는 그 짧은 비디오에서 한 시인이 다른 시인의 시를 읽는 모습을 본다. 두 사람에게는 살 시간이 몇 년밖에 남지 않았다. 에즈라 파운드는 여든두 살이니 불행한 균형이다. 나는 살루테Salute 뒤쪽, 체리니라는 막다른 길 안쪽에 위치한 그의 집을 찾아 나섰다. 표지판 하나가

---

52) 《긴 모랫길》.
53) 반니 론시스발레Vanni Ronsisvalle의 〈에즈라 파운드와 함께한 한 시간〉(1968).

세상 반대편으로 망명한 미국인을 기리고 있다. 나는 벨을 눌렀다. 아무 대답이 없다. 매번 좋은 결과를 얻을 수는 없다. 초록색이 감도는 칙칙한 문 앞에 쌓인 광고지 뭉치가 이 집이 비어 있음을 말해준다. 조금 높은 곳에 올라 테라스를 보니, 제대로 관리되지 않은 정원이 짐작된다.

RAI 방송 비디오에서 파졸리니와 파운드(P&P, 이 두 거물의 시적 만남은 대담한 기획이자 시도였다)는 거실 안쪽 안락의자에 각각 자리 잡고 마주 앉았다. 파졸리니가 에즈라 파운드의 시를 읽는다.《캔토스The Cantos》의 시인은 꼼짝 않고 있다. 사납도록 고결하고 쾡한 그의 얼굴이 파졸리니가 읊는 시구를 받아들인다. 바이올린 선율이 〈캔토Canto 81〉(The Pisan Cantos)을 어루만진다. 에즈라 파운드는 부상당한 채 날아보려고 날개를 파닥이는 밭종다리처럼 눈썹을 파닥이며 굳어 있다. 그는 파졸리니의 여성스러운 목소리를 통해서만 살아 있다. 마음을 가라앉히는 그 부드러운 목소리는 듣는 이를 감싸안는 것만 같다. 파졸리니는 생애 끝에 다다른 작가 앞에서 존경심을 품고 그의 시구를 느릿느릿 읊조린다. 파졸리니는 아직 청년처럼 보인다.

그대가 정말 좋아하는 것은 남는다

나머지는 찌꺼기일 뿐

그대가 정말 좋아하는 것은 그 누구도 앗아가지 못하리니

그대가 정말 좋아하는 것이야말로 그대의 진짜 유산

세상은 누구의 것인가? 나의 것, 그들의 것,

아니면 그 누구의 것도 아닌가?

먼저 눈에 보이는 것이 오고, 이윽고 만질 수 있는 것이 온다

엘리제가 지옥 입구에 있을지라도,

그대가 정말 좋아하는 것이야말로 그대의 진짜 유산

그대가 정말 좋아하는 것은 그 누구도 앗아가지 못하리니

개미도 제 용龍의 세계에서는 켄타우로스다.

인간의 도리가 아니니 그대의 허영심을 낮출지어다

용기를 갖든, 질서를 지키든, 호의를 베풀라
그대의 허영심을 낮춰라. 낮추라잖나.
녹음緣陰의 세계에서 그대의 자리가 어디쯤인지 배워라
발견의 차원 또는 진정한 예술의 차원에서
그대의 허영심을 낮춰라.[54]

그의 목소리의 음색은 여러 차례 들어보았다. 그 음색은 내가 그의 흔적을 좇아 떠나오기 전 그의 글 외에 그의 내면에서 가장 생생하게 발견할 수 있었던 것이 아니었던가? 목소리, 그저 목소리 하나. 인터뷰하는 동안, 시를 한 편 암송하는 동안, 그는 머뭇거리는 프랑스어로 그를 찾아온 사람들에게 자신을 너그럽게 내준다. 바로 그것이 파졸리니의 목소리가 드러내는 것, 깊은 관대함이다. 그의 이타심, 그것이 종종 그를 더없이 비열한 적들에게로 내몰았다. 나는 그의 목소리를 듣고 모습을 보기 위해 비디오 자료들을 샅샅이 뒤졌다.

---

54) 〈캔토 81〉, 일명 〈피산 캔토〉, 에즈라 파운드의 《캔토스》 중.

그랬더니 흑백의 고독한 인물 하나가 남는다. 이를테면 〈성난 파졸리니Pasolini, l'enragé〉에서 그는 프랑스어로 할 말을 찾는다. 더듬거리고 걸려 넘어진다. 그는 불완전하지만 입술 위 참으로 가벼운 언어로 노래하며 즐거워한다. 그리고 버릇처럼 집게손가락을 턱에 갖다 댄다. "라 스파리치오네La sparizione?"[55] 이따금 그는 단어를 뭐라고 번역해야 할지 묻는다. 그것을 찾는 동안 고개를 떨구고 사향 느낌 도는 눈으로 바닥을 응시한다.

> 내 생각을 할 때는 무한한 무언가를 생각한다. 나는 외부 무한의 거울이다. […]
> 엘사 모란테Elsa Morante는 나더러 자기 자신을 향한 행복한 사랑을 품고 있는 나르시시스트라고 말한다. 나는 세상에 대한 불행한 사랑도 품고 있노라고 덧붙인다.[56]

---

55) '실종'을 뜻하는 이탈리아어.
56) 장-앙드레 피에시Jean-André Fieschi가 만든 영화 〈성난 파졸리니〉(1966) 중.

나는 쿠엘라 체리니를 지나면서 내가 간직하고 있던 생생한 이미지들에 색을 입혔다. 그 이미지들은 부라노Burano의 집들처럼 광채가 없다. 그러나 그것들은 내가 염탐하는 파졸리니에 관해 베네치아가 안겨준 한 가지 세부사실이고, 또 하나의 단계이다.

나는 1962년의 사진 몇 장도 머릿속에 간직하고 있다. 영화 〈맘마 로마Mamma Roma〉를 소개하러 온 파졸리니와 여배우 안나 마냐니Anna Magnani는 수상택시 모토스카포를 타고 서로를 끌어안는다. 안나는 입가에 불멸의 미소를 띤 채 장갑 낀 손으로 사진기자들에게 인사를 건네고, 파졸리니는 낮은 코 위에 선글라스를 얹고 의자에 기댄 채 몽상에 잠긴다.

이제 나는 로마를 기다린다. 로마가 두렵기도 하다. 너무 넓고 무섭다. 어디를 가도 파졸리니가 있을 테고 어디에도 없을 것이다. 대도시들은 지방보다 더 빨리 변한다. 나는 베네치아 산타 루치아에서 다시 기차에 오른다. 그 일렁이는 잉크 얼룩 위에서 기차는 산타 루치아와 메스트레 사이를 미끄러지듯 나아간다. 열차는 달리고, 역에 들어설 때마다 기계의 울부짖음을 토해 낸다. 파도바, 페라라, 볼로냐⋯. 남쪽을 향한 자맥질. 얼마 후 기차는 남겨둔 석탄 찌끼 위로 날카로운 숨소리를 내려놓고 한결 가볍게 다시 출발한다. 로마가 열차의 유일한 목적지다.

밤이 열차 칸의 온도 조절된 열기에 당황하며 부드럽게 내린다. 나는 파졸리니의 편지를 읽는다. 1970년대 초 로마에서 쓴 편지다.

> 자네가 야심이 많다 한들 이제 그것은 그리 중요치 않아. 심지어 잘된 일이기도 해. 그렇지만 인간 조건에서 지성은 오직 우리가 위험에 처해 있을 때, 진실 속에 있다는 확신인 의심으로 번민할 때만 얻어진다는 것을 알아야 해. 그러니 자네는 자네 자신에게 가차 없이 엄격한 태도를 취해야 할 거야. 그러면 보게 될 걸세. 자네가 옳았는지 틀렸는지 시간이 알게 해줄 거야. 내가 자네에게 해줄 수 있는 말은 이것뿐이니 부디 자네가 잘되길 빌겠네.[57]

나는 한쪽 눈을 감는다. 흩어져서 달아나는 잠을 조 각조각 다시 붙여보려고 애쓰지만, 기차가 들르는 역 의 불빛이 그것을 다시 흩어놓는다. 그러다가 얼마 후 마침내 로마 테르미니 역에 도착한다. 거대한 개미집 에 들어섰다. 나는 미리 예약해둔, 산 로렌초에서 10분 거리에 있는 방을 걸어서 찾아간다.

8

그 로마 청년은 일종의 송장입니다. 생물학적으로는 산 사람이지만, 로마 대중문화의 옛 가치들과 그에 게 강요된 부르주아적이며 소비적인 가치들 사이에 서 자기 자신을 잃고 무중력 상태로 떠도는 송장이지 요.[58]

---

57) 1970년 2월 16일, 로마에서 테레지오 차니네티Teresio Zaninetti에게 보낸 편 지,《서간집》중.
58) 영화 〈살로, 소돔의 120일〉에 관해 한 파졸리니의 인터뷰(1975).

테르미니 역 부근은 지하철 통로만큼이나 악취를 풍긴다. 두 줄로 늘어선 시외버스들, 잡동사니를 파는 장사꾼들, 케밥집, 전깃불을 켠 잡화점, 아이폰 케이스부터 러닝화까지 별의별 물건들을 다 펼쳐놓은 진열대. 유럽의 중앙역들을 둘러싼 냄새 고약한 광장이다. 냄새를 맡고 흔적을 좇는 개처럼, 나는 로마에 첫 발을 내딛자마자 파졸리니의 흔적이 증발해버렸음을 직감한다. 파리에서 헤밍웨이의 흔적을 찾기를 기대하는 미국인 관광객 꼴이다. 이 빌어먹을 난장판 속에서는 불가능한 일이다. 파졸리니는 이미 삼켜진 지 오래다. 로마에는 파졸리니의 소장품조차 없다. 모든 것이 볼로냐, 피렌체, 카사르사에 있다. 고약한 시련이다. 그렇지만 내게는 몇몇 주소가 있고, 몇 가지 생각이 있다.

파졸리니는 작은 마을들이 모여 이루어진 복잡하고 소란스러운 대도시에 금세 뒤섞여버렸다. 대도시는 도처에 유혹이 편재한다. 사내아이들이 거리를 뛰어다니고, 아니에네 강이나 테베레 강에서 멱을 감는 사내아이들의 벗은 몸이 질식할 듯 쏟아지는 빛 아래 반짝인다. 파멸을 항해 달리는 사람에게는 모든 것이 손닿는 곳에 있고, 안정을 찾는 사람에게는 모든 것이 혐오스럽다. 파졸리니의 로마 시절은 전통과 현대사회의 새로운 규범들 사이에서 갈피를 잡지 못하는 도시 한가운데에서 한 시인이 겪은 변화의 시간이다. 일 때문에 묶여 있던 낮부터 방황하던 밤까지, 시인 파졸리니는 강렬한 로마 안을 돌아다녔다. 1946년 이 대도시를 처음 여행하면서 그는 친구 토누티 스파뇰Tonuti Spagnol에게 이렇게 썼다.

> 이제 나에겐 내가 극장의 눈부신 조명 속에 앉아 있을 때 이 세상 어딘가에서는 누군가가 낮에 소를 끈 뒤 밤에 장작이 타닥거리며 타는 난롯가에 앉아 객쩍은 소리를 늘어놓는다는 사실이 있을 수 없는 일처럼 보여…[59]

---

59) 1946년 4월 3일, 로마에서 토누티 스파뇰에게 보낸 편지,《서간집》중.

전원생활의 일상적인 습관들은 사라졌다. 프리울리를 떠날 때 뿌리가 뽑힌 파졸리니는 로마에서 혼자였다. 모든 것을 새로이 구비해야 했다. 그는 1951년 여름까지 코스타구티Costaguti 광장 게토 14번지의 삼촌 집에서 살았다. 그 유대인 구역은 축축하고 어두운 도로들이 흩어지는 군중과 빛을 향해 이따금씩 열리며 동맥처럼 가로지르는 로마의 허파 가운데 하나다. 나는 로마에 도착한 다음날 그곳에 갔다. 다른 산책과 유사한 도심 산책. 파리와 마찬가지로, 로마 역시 심지어 겨울에도 상점들 사이와 전차 레일 주변을 어슬렁거리는 방문객들을 불러들인다.

로마에서 몇 시간만 보내도 담장 안에 자리한 성당의 무게를 감지할 수 있다. 비아 델라 콘칠리아지오네via della Conciliazione 끄트머리에 자리한 차가운 실루엣의 바티칸 외에도 성당은 곳곳에 있다. 사제복을 입고 거니는 성당 사람들, 모노폴리 게임에서 세우는 호텔들처럼 로마 곳곳에 흩어져 있는 성당들. 프리울리가 예배당의 땅이라면, 로마는 곳곳에 성당이 산재하는 아스팔트다. 어느 성당에 들어가야 할지 모를 정도다. 사람들은 문장紋章과 상징이 가득한 성수반에 손도 담 그지 않고 성당을 들락거린다. 그림, 유물, 육중한 조 각상, 차가운 대리석, 무명천으로 덮인 제단…. 로마는 가톨릭교회의 방대한 놀이공원이다. 교황의 초상조차 우편엽서들을 전시한 회전 판매대 위에서 이탈리아 섹시스타의 엉덩이와 베스파 '돌체 비타'의 사진과 뒤 섞인 채 회전목마처럼 표류한다. 혐오는 여러분의 몫 이다. 나는 파졸리니가 로마에서 보낸 30여 년을 생각 한다. 그 시절엔 바티칸과 교황청이 이 도시에서 더 큰 무게를 차지했다. 그런데 그는 가톨릭교회에 맞서는 독설을 쏟아냈고, 반교권주의자를 자처했다. 파졸리니 처럼 고뇌하던 사람이 영원에 끌리지는 않았을까? 그 저 가톨릭 문화에 민감했을 뿐, 신앙에는 깊은 관심이 없었을까?

코스타구티 광장에서 몇 분 떨어진 곳에서 나는 우연히 산타 바르바라 데이 리브라이Santa Barbara dei Librai 성당에 다다랐다. 성당은 라르고 데이 리브라이

Largo dei Librai 안쪽에 숨어 있어서 주보나리 길via dei Giubbonari에서는 입구가 보일락 말락 했다. 나는 그곳에서 프리울리 예배당의 평온을 찾았다. 그곳에는 아무도 없었다. 사원의 장사치들 그리고 제 이득과 독송 미사에만 열중하는 교황청의 인색함이 역겨워진 나는 파졸리니가 코스타구티 광장 주변을 서성이다가 산타 바르바라로 들어서는 모습을 상상한다. 나는 그가 쓴 편지를 읽다가 어떤 구절에서 멈췄고, 그 말이 나를 종교적인 파졸리니에 관한 연구로 이끌었다. 그는 1947년에 '종교적 위기'를 언급하는데, 그 위기의 위협은 [그의] 삶의 전적으로 비종교적인 지평선에 줄곧 나타난다. 같은 편지에 그는 시구를 덧붙인다. 얼마나 뜨거운 마음 상태에서 썼을지 짐작이 가는 시구다. 그는 잉크와 눈물에 젖은 종이를 뚫을 듯 광적인 필치로 이렇게 쓰고 있다.

참고 견디는 메마른 씨앗:
주여, 저 또한 당신을 찾는 이들 가운데 있습니다.

자비를 베푸소서.

제가 당신의 사랑을 속였습니다.

그늘의 은총을 사랑하는 저는

마치 박쥐처럼

당신의 빛에 등을 돌렸습니다.

그리고 어둠 속에서 비틀거립니다

제 손은 건전치 못한 사랑을 어루만지고

끝내 상처 입습니다.

당신을 불러봅니다

어색하고 차가운 말로

식어버린 마음으로.

얼어붙은 제 기도를 다시 덥혀주소서;

이 영혼을 거둬주소서.

이 말을 음절로 끊어

당신의 그 가련한 지옥도

듣게 하소서.

그리하여 동료들의 죽음을

아파하게 하소서.

새벽이 어둠의 장막을 드리울 때

여명의 천둥이 울릴 때

기쁨에 취해 마시게 하소서.[60]

영적 싸움, 영혼의 혁명…. 파졸리니는 성자들에, 그리스도라는 인물에 매료되었다. 나에게는 프랑코 제피렐리Franco Zeffirelli의 〈나사렛 예수Jesus of Nazareth〉보다 먼저 만들어진 그의 〈마태복음〉이 그리스도에 관한 가장 아름다운 영화다. 사도 바울과 샤를 드 푸코 Charles de Foucauld[61]에 관한 촬영 초안도 능욕당한 신앙의 잔류 효과가 아닐까? 이 시를 쓸 당시 파졸리니

60) 1947년 8월 20일, 카사르사에서 잔프랑코 콘티니Gianfranco Contini에게 보낸 편지, 같은 책.
61) 1858~1916, 아프리카 오지 타만라세트의 원주민을 돌보아 존경받은 프랑스인 사제로, 사하라의 은자라고 불린다(―옮긴이).

는 나보다 겨우 세 살 많았다. 나도 이따금 성당 의자에 홀로 앉아 이런 질문을 던지곤 한다. 기도를 하려 애써보지만 기도가 무엇을 의미하는지 모르겠다. 매우 강렬하게 생각하는 것? 머릿속의 모든 것을 신에게, 그 누군가에게 털어놓는 것? 신앙은 곧 기도인데, 내가 기도할 줄 모른다는 사실을 깨닫는다. 내 생각들이 너무 빨리 흩어져서 집중이 필요하다. 내가 신을 강렬하게 생각할 때 불붙으려는 불꽃은 바람만 한 번 불어도 꺼지기 십상이다. 나는 파졸리니가 중재자라는 것을 안다. 내가 편협한 신앙심을 겁내듯이 그도 믿기를 겁낸다. 내가 보기에 파졸리니는 성당이 비어 있을 때만 들어가는 사람의 본보기 같다. 그렇지만 그는 성당에 들어선다.

그는 〈마태복음〉을 설명하면서 이렇게 쓴다.

나는 신자가 아니므로 그리스도가 하느님의 아들이라고 믿지 않는다. 적어도 의식의 차원에서는 그렇다. 그러나 그리스도가 신의 정수精髓라는 것은 믿는다. 내 말은 그의 인간성이 참으로 위대하고 엄정하고 완벽해서 인간의 통상적인 한계를 뛰어넘는다는 뜻이다. 그래서 나는 '시詩'를 말하는데, 그것은 그리스도를 향한 나의 끌림이 지닌 비합리적인 측면을 표현하는 비합리적 방식이다.[62]

오늘날 나는 그리스도라는 인물이 얼마나 혁명적인지 깨닫는다. 저항의 움직임을 확인한다. "이 세기와 타협하지 마라." 40년 전 파졸리니는 그리스도의 이 말을 교회가 배반했다고 느꼈다. 이 말에서 그는 소비 사회의 힘에 저항하는 수단을 보는 한편, 이 말이 소비 사회의 새로운 힘과 동일시되는 것을 깨닫는다. 생애 말엽 격분해서 쓴 글에서 그는 성자들에게 불충한 교회에 대해 한탄한다. 교회가 성자들만 같았다면 소비자운동에 앞장서는 저항의 기수가 될 수도 있었을 거라고 분개한다.

---

62) 엔초 시칠리아노가《파졸리니, 어떤 삶》에 인용한 글.

[교회는] 거리낌 없이 민속이라고 깎아내림으로써 그토록 파렴치하게 그들을 버린 권력에 맞서야 할 것이다. 그들의 현재 모습 때문에 그들을 버린 신도들(혹은 신앙이 '다시' 필요한 사람들)을 다시 얻으려면 교회는 스스로를 부인해야 할 것이다. […]

교회는 소비라는 새로운 권력, 완전히 비종교적이고 전제적이며, 난폭하고, 가짜로 관대하며 심지어 그 어느 때보다 억압적이고 퇴폐적이며 품위 없는 소비라는 새로운 권력을 거부하는 모든 이들을 이끄는, 위엄은 있되 권위적이지는 않은 인도자가 될 수 있을 것이다(이것은 마르크스주의자가 하는 말이다) […]. 그러니까 교회는 본래의 모습으로, 다시 말해 반대와 저항으로 돌아감으로써 이런 거부를 상징할 수 있을 것이다. 아니면 더는 교회를 원치 않는 권력을 받아들이거나, 그도 아니면 자결해야 할 것이다.[63]

────────────────

63) 피에르 파올로 파졸리니, '카스텔간돌포의 짧은 역사 연설', 1974년 9월 22일, 《사략록》.

내 마음이 산타 바르바라의 마음과 하나가 되어 고요한 가운데, 나는 오늘날 사제들을 잡아먹는 모든 이들을 생각하며 미소 짓는다. 시대에 뒤진 그들의 투쟁을, 그 구급차 저격수들을 생각하며. 신을 믿는 것보다 더 혁명적인 행위는 없다. 그런데 2015년 스물세 살의 우리는 영혼과 얼마나 많은 타협을 하는가…. 파졸리니가 시에 쓴 표현을 빌리자면, 우리는 영혼을 '훔친다.' 나는 슬픔과 희망, 기쁨과 우울 사이에서 끊임없이 번뇌하며, 파졸리니의 〈마태복음〉에 그려진 예수의 십자가형 장면을 머릿속에 간직하고 있다. 게다가 망연자실한 마리아를 연기한 아마추어는 파졸리니의 어머니 수산나다. 감독은 그 어머니가 살해당한 아들 앞에서 고통을 땀처럼 쏟게 하려고 이런 말까지 한다. "그리스도를 볼 때 귀도를 생각하세요…."

나는 성聖 주간 동안만 기독교인이다. 파졸리니를 읽은 것이 나에게는 문학에서 가장 충격적인 독서다. 나는 아주 드물게 구원받은 자의 얼굴을 하며, 번개처럼 번득 비추는 부활의 불빛에 이따금 깨어나는 슬픈 기독교인이다. 겟세마니 동산, 키드론 계곡, 가바다, 에케 호모Ecce homo[64] 포석, 그리고 골고다 언덕…. 열정은 무시무시한 말로 쓰인 시詩이며, 그 말들은 신과 연결되고, 읽어보면 얼마나 멋진지 드러난다. 성 주간은 기독교인에게는 무서운 시간이다. 세상 속에서 자신의 고독을 깨닫는 시간이다. 삶은 모두에게 일상이다. 우리는 쉼 없이 조야한 상품을, 텔레비전이 보여주는 원숭이 짓거리를, 미디어가 싸지르는 똥을 무더기로 받고 있다. 아무것도 멈추지 않고, 모든 것이 서로 닮았다. 그리하여 기독교인인 우리는 부활절 3부작을 감내한다. 부활절까지 이어지는 가혹한 3일을. 한 인간이 그저 존재한다는 사실 때문에 죽임을 당한 골고다 언덕 꼭대기로 매년 성聖 금요일 제6시까지 반복되는 거짓 동행을, 그 고통스러운 종말을.

마음의 평온을 위해 신을 믿는다고 주장하는 사람

---

64) '이 사람을 보라'라는 뜻. 본디오 빌라도가 초라한 예수의 행색을 보고 군중에게 한 말이며, 이 제목으로 수많은 성화聖畵가 그려졌다(―옮긴이).

들이 아직 있다면, 나는 신앙이 더 큰 위험이라고, 게다가 스물세 살 청년에게는 더 큰 위험이라고 말하겠다. 신앙은 불안과 비겁함, 부인否認을 잉태하고 있는 싸움이다. 이를테면 나는 내가 죽음에 대해 이교적인 두려움을 품고 있음을 깨달았다. 나는 그 순간이 두렵다. 떠나는 것이 두렵다. 다른 삶을 향한 그 뜀박질이 신자를 위험으로 내모는 것 아닐까? 그렇다. 나는 그저 시커먼 암흑을, 아무 색깔 없는 공허를 볼 뿐이다. 눈을 감고 있는 것보다 더 나쁘다. 불안 발작이 나에게 들러붙어 그것을 상기시킨다. 내가 죽어야 한다는 생각에 나의 폐는 너무도 쉬이 암울해진다. 그리하여 나는 아주 조그만 생명의 증거에도 매달리고, 드물게는 십자가에 못 박힌 예수의 발에도 매달린다. 파졸리니는 바로 이런 나의 불안에 대해 이야기했다. 어떤 작가와도 이처럼 하나가 되지는 못했다. 그의 편지들 가운데 우연히 눈길이 닿는 것을 보니, 그가 스물두 살 때 쓴 편지다.

나에게도 주어진 시간이 일정하다는 사실이, 죽음이 기다리고 있다는 사실이 도무지 익숙해지지 않아 살 수가 없어.[65]

그가 나에게 이토록 영감을 주는 것은 내가 그를 통해 본질적인 것에 대한 욕구를, 기독교인의 겸손과 관용을 되찾았기 때문이다. 또한 독단주의와 훈계조의 규칙에 대한 혐오감 때문이기도 하다. 1974년에 발표한 글에서 파졸리니는 가톨릭교회의 법정 가운데 하나인 교황청 재판소의 최종 판결문들을 연구한다. 그리고 정치적이고 계산적인 율법에 사로잡힌 교회를 고발한다. 그런 교회에서 믿음과 희망은 '율법의 토대'일 뿐이다. 판결문에서 '사랑'과 '그리스도'를 헛되이 찾아보지만 그것들은 '죽은 문자'일 뿐이다. 그는 결론 짓는다:

---

65) 1943년 6월, 카사르사에서 프랑코 파롤피Franco Farolfi에게 보낸 편지, 《서간집》중.

믿음도 희망도 없는 사랑을 줄 수는 있지만, 사랑 없
는 믿음과 희망은 흉측해질 수 있다.

내가 보기에 그가 영화 〈마태복음〉을 만든 것 역시
가난한 이들과 농민 편이고 바리새인의 적인 그리스
도를 옹호하기 위해서였다. 그는 1962년 아시시에서
이 복음을 읽고 그리스도에 관한 '순수한 시작품'을 만
들고 싶은 욕구를 마음속 깊이 느낀다. 늘 그러듯이, 그
는 로마 외곽 그리고 그의 친구들 사이에서 배우들을
찾아냈다. 파졸리니에 대해 알고 싶어서 만나달라고
요청한 카탈루냐 출신 대학생이 예수 역할을 맡았다.

그는 돈 조반니 로시Don Giovanni Rossi 신부와 아시
시의 속인들과 함께 이 영화를 만들고, 1964년 9월 4일
베네치아 영화제에 출품한다. 몇 주 뒤, 로시 신부와 여
전히 잘 지내던 그는 신부에게 충격적인 편지를 쓴다.

오래전에 말에서 떨어졌기 때문인지, 저는 살면서 한
번도 안장에 용감하게 앉아보질 못했습니다(인생의 많

은 강자들처럼, 혹은 수많은 가련한 죄인들처럼). 말에서 떨어진 건 오래전인데 발 하나가 등자에 걸려 있어, 저는 기마 산책을 하는 것이 아니라 머리에 먼지를 뒤집어쓴 채 돌멩이에 채며 끌려가고 있습니다. 유대인들과 착한 사람들의 말에 다시 올라탈 수도 없고, 신의 땅에 완전히 드러누울 수도 없어요.[66]

프리울리에서 만난 안젤라가 산 비토라는 대중식당에서 들려준 〈마태복음〉에 관한 이야기가 떠오른다. 파졸리니는 이탈리아 남부 어느 마을의 높은 언덕에서 십자가 처형 장면을 촬영했는데, 그날 저녁에서야 편집팀이 촬영 시점에 배달 트럭 한 대가 뒤쪽 길에서 내려오고 있었다는 사실을 발견했다. 당시 주위에 사람이 없도록 파졸리니가 그토록 주의를 기울였는데도…. 이튿날 편집팀은 파졸리니에게 문제를 설명했다. 그리스도가 마지막 숨을 내쉬던 순간에 하필 배달

---

66) 1964년 12월 27일, 돈 조반니 로시 신부에게 보낸 편지, 《서간집》 중.

트럭이 골고다 뒤를 지나갔다니. 난감한 상황이었으므로 그들은 파졸리니가 격분하리라 예상했다. 하지만 파졸리니는 긴 침묵 끝에 미소 지으며 대답했다. "심각할 것 없어. 우리가 이야기하려는 건 현대판 그리스도잖나?" 실제로 그 장면은 영화 속에 그대로 담겼다. 몇 초 되지 않는 짧은 장면이다. 안젤라는 이 대목에서도 파졸리니의 깊은 인간미를 언급했다. 그가 이해관계를 떠나 행위와 인간관계를 소중히 여기는 사람임을. 타산적이지 않고 가톨릭 신자보다 더 가톨릭 신자 같은 사람임을.

**

산타 바르바라를 떠나 캄포 데 피오리Campo de' Fiori 시장으로 돌아온다. 라치오의 생산자들이 직접 재배한 과일과 채소를 파는 것이 아니라, 아시아에서 온 이민자들이 이것저것을 팔고 있다. 밑바닥 계층—부적응자들—이 아스파라거스나 파가 아니라 '메이드 인 차이나' 옷가지를 팔고 있다. 캄포 데 피오리의 새로운 현실이다. 반바지 차림으로 진열대 사이를 뛰어다니는 아이들을 볼 생각은 마시라. 상점들의 금속 지붕 위로 조르다노 브루노Giordano Bruno의 두건 쓴 조각상이 솟아 있다. 1600년대에 종교재판을 받고 화형대로 끌려간 이 이단적인 수도사는 그야말로 무심하고 눈 먼 교회의 모습을 보여준다. 조각상의 받침돌에 붙은 몇몇 스티커를 보니, 조르다노가 여전히 어떤 이들에게는 오늘날 교회에 맞서는 싸움을 구현한다는 생각이 든다. 안 될 것 뭐 있겠는가?… 그렇지만 내가 보기에는 사제들이 자기들이 속한 기관의 오류를 상당히 감춘 것 같다.

파졸리니가 살해된 다음날, 그의 관은 캄포 데 피오리에서 옮겨졌다. 군중, 어쩌면 전날 그를 괴롭혔던 바로 그 군중이 시인에게 경의를 표하기 위해 묵직한 나무 관 주위를 에워쌌다. 엄청난 군중이 캄포로 몰려드는 모습을 보여주는 사진들이 있다. 알베르토 모라비아가 그 자리에서 열정적인 추도사를 낭송하며 작가를, 시인 파졸리니를 기렸다. 무엇보다 그는 이렇게 외쳤다. "시인들을 살해하는 사회는 병든 사회입니다!" 당시 이탈리아를 발칵 뒤집어놓은 이 사건은 오늘날까지 여전히 이탈리아를 감염시키고, 사회의 곪은 환부의 깊이를 보여준다. 오늘날 이탈리아는 눈이 너무 메말라 더 울지 못한다. 오랜 세월 동안 눈물을 흘려 눈물샘이 말라버렸다….

나는 캄포 데 피오리를 뒤로하고 가던 길을 계속 간다. '샤를리 에브도 테러 이후' 무장한 경찰들이 지키는 프랑스 대사관 앞 파르네제 광장Piazza Farnese을 지나간다. 그리고 테베레 강가로 간다. 테베레 강은 센 강보다 유량이 많다. 시멘트 틀 속에서 갑갑해 하는 급류를 닮았다. 강둑은 바람이 많이 불고 황량하다. 악취가 난다. 강둑을 내려다보는 플라타너스 몇 그루에서 떨어진 나뭇잎들이 강둑을 뒤덮고 있다. 1월의 정오에 뿜어져 나오는 유일한 색채는 담벼락에 스프레이 페인트로 한 낙서, 전차와 버스 뒤꽁무니에 붙은 광고의 색깔뿐이다. 유쾌하게 색칠된 광고는 새로운 전자제품을 칭송하고 있다. 불가피하다. 채널이 300개가 넘는 텔레비전 서비스 가입도 불가피하다. 풍경에 색을 입히는 것이라면 수단이 무엇이든 좋고, 우리는 그것에 휩쓸려 탐닉한다. 산타 바르바라를 거치고 나니 한 가지 예가 머리에 떠오른다. 1975년 파졸리니는 이렇게 썼다.

> 이탈리아는 청바지를 입은 엉덩이를 보여주는 광고들로 뒤덮였다. 그 엉덩이에는 "나를 사랑하는 자는 나를 따르라"라고 적혀 있다. 바티칸의 예수는 끝났다. 오늘날 기독교 민주주의적이자 성직자-파시스트의 힘은 이 두 '예수' 사이에서 갈피를 잡지 못한다. 구 형태의 권력과 새로운 현실 사이에서…[67]

광고용 허수아비가 된 예수. 그에 관해서는 이미 여러 권의 책이 쓰였다. 마케팅에 활용된 성스러운 얼굴

---

67) '발전과 진보', 《사략록》.

들. 자신의 상품을 팔기 위해서는 무엇이든 좋다. 〈코리에레 델라 세라〉에 기고한 글에서 파졸리니는 이렇게 결론짓는다.

> 억압적인 사회에는 군인과 성자와 예술가가 필요하지만(우스운 파시스트 슬로건이 말했듯이), 자유방임 사회에는 소비자만 필요하다.[68]

그럼에도 나는 긍정적인 점을 하나 찾았다. 광고가 1월의 테베레 강변에 색을 조금 입힌다는 것. 그러나 올해 다시 푸르러질 봄날이 늦지 않게 오리라 희망을 품어보자. 광고의 색은 빨리 퇴색한다. 광고가 보여주는 물건들처럼 노후화가 예정되어 있다.

긍정적인 점이 하나 더 있다. 광고는 한 주를 넘기지 않고 훨씬 더 알록달록한 다른 슬로건으로 대체된다. 번쩍이는 광택을 입고.

---

(68) '마음', 같은 책.

9

피에르 파올로는 달린다. 마음껏 달리는 데 거치적거리는 물리적 장애물인 재킷은 내팽개쳐버렸다. 표적을 조준한다. 숨을 헐떡이지 말고 저 얼간이를 붙잡을 것. 그는 더 빨리 달린다. 심장이 책무를 다하며 주인을 길에 버려두지 않는다. 인도를 따라 자동차들이 줄지어 주차된 모습이 마치 금속 골조들이 늘어선 긴 복도 같다. 파졸리니가 행인 몇 사람을 밀치며 달린다. 사람들이 놀라서 길을 비켜준다. 그러는 편이 낫지. 저놈이 달아나도록 내버려두지 않을 거야. 그는 카사 델로 스투덴테Casa dello studente(학생의 집)에서 열린 토론에 참석하고 나오다가 한 사내와 그 패거리의 공격을 받았다. 페인트 통이 날아오고 주먹질이 마구 쏟아졌다. 파졸리니는 큰 상처를 입지 않았지만, 카사 친구들이 얼굴을 다쳤다. 길거리 폭력이 거듭되었다. 이번에는 그를 겁주려는 파시스트들의 폭력이었다. 파졸리니는 극도로 흥분해서 무리의 우두머리를 쫓아

갔다. 평소에 그는 화를 못 이기지 않았다. 그의 역량이 그렇고, 화낼 욕구도 없었다. 그는 자신의 욕구를 글로 표현했다. 그런데 이번에는 그의 피가 끓어오른다. 주먹질에 화가 나서, 더는 다른 쪽 뺨을 내밀지 못한다. 폭발한다. 학기 초부터 급우들에게 놀림당하고도 아무 말 않고 가만히 있다가 어느 날 벌컥 반항하며 책상을 뒤엎고 아무든 걸리는 사람에게 달려들어 마구 두들겨패는 초등학생처럼. 미친 듯이 폭발한다. 아무 생각 없이 상대의 뼈를 하나씩 부러뜨린다. 몇 달째 수모를 겪으며 삼켜온 분노를 모두 토해내는 것이다.

파졸리니는 계속 달린다. 그렇게 산 로렌초 중심에 다다른다. 델 베라노 광장Piazzale del Verano, 그가 좇는 실루엣은 여전히 앞서 있다. 그것이 왼쪽으로 사라진다. 그도 왼쪽으로 돈다. 그러자 적이 다시 보인다. 비아 티부르티나via Tiburtina에서 숨을 조금 돌린다. 저녁 공기가 살갗에 흐른 땀과 뒤섞여 끈끈하게 느껴진다. 셔츠가 온통 젖었다. 골격이 운동선수 같은 파졸리니의 건장한 몸이 온통 땀범벅이다. 그는 필요한 만큼 멀리까지 달릴 수 있을 것이다. 이미 어둠이 도시를 뒤덮었지만 그는 선글라스를 벗지 않는다. 안경이 그의 무서운 눈길을 가려서 차라리 낫다. 안경 때문에 가로등 불빛이 퇴색해 보인다. 로마는 적갈색을 잃었다. 녀석이 비아 티부르티나에서 출발하는 전차의 발판에 올라선다. 그가 두 손으로 난간을 붙들고, 그를 붙잡으려고 움직이는 전차에 몸을 던지려는 파졸리니를 본다. 파졸리니는 구두 탓을 한다. 그러나 결국 전차를 따라잡는데, 전차는 왼쪽으로 꺾어 비아 데이 레티via dei Reti로 접어든다. 전차가 곡선으로 달리자, 남자는 균형을 잃고 승객들을 밀치더니 다시 객차 앞쪽으로 간다. 파졸리니는 숨을 조금 돌린다. 그는 이를 갈며 두 번 숨을 가다듬고, 연못에 뛰어들듯이 마비된 군중 속으로 뛰어든다. 남자가 뒤를 돌아보고, 동성애 마르크스주의 인텔리의 얼굴을 다시 알아본다. 움직이는 전차속, 양쪽에 선 두 사람 사이에 눈싸움이 벌어진다. 피에르 파올로는 한 번 문 먹이를 놓치지 않는다. 페인트

얼룩이 묻은 뺨, 헝클어진 머리카락, 땀으로 얼룩진 흰 셔츠. 그는 꼼짝 않는 승객들 사이를 헤치고 나아간다. 천장 쪽으로 길게 이어진 금속 봉을 붙들고 앞으로 나아간다. 하지만 전차가 역에 도착하면서 속도를 줄이자, 남자는 난간을 넘어 달아난다. 소모적인 추격전이 다시 시작된다. 긴장한 파졸리니는 성가신 군중 틈에서 빠져나와 전차 밖으로 몸을 던진다. 다시 거리. 고물 자동차들이 경적을 울리고, 욕설이 터져나온다. 비아 데이 사벨리via dei Sabelli에 이르러 남자는 일방통행로를 거슬러 올라간다. 강물을 거슬러 올라가는 연어처럼. 파졸리니는 그에게서 눈을 떼지 않는다. 백미러에 걸리고, 여기저기로 교묘히 빠져나가는 베스파와 람브레타 스쿠터에 치일 위험을 무릅쓰고. 갑자기 남자가 사유도로로 접어들더니 차고로 들어간다. 혼잡도 끝나고, 모든 것이 멈춘다. 사라지고 날아갔다. 거기에 파시스트는 없다. 파졸리니는 두 손을 허리춤에 얹고 차고 안을 둘러본다. 숨을 크게 내쉰다. 왔던 길로 돌아가 구석구석 살펴본다. 차고 안쪽에 반쯤 열린 문 하나가 남자가 그곳으로 빠져나갔음을 알려준다. 할 수 없다. 달음박질은 끝났다. 파졸리니가 졌다. 그는 바닥에 앉아 자동차 범퍼에 등을 기댄다. 삭신이 쑤시고, 땀이 줄줄 흐른다. 셔츠는 찢겼고, 청바지는 허벅지에 들러붙었다. 그는 선글라스를 벗고, 눈에서 떨어지는 짠물을 손으로 쓱 닦는다. 이런 거듭된 괴롭힘은 그의 안에 분노를 불러일으켰지만, 그 분노에 굴한 적은 한 번도 없다. 10년 뒤, 그는 이 일화를 다시 떠올리며 이렇게 쓴다.

[…] 그 순간 내가 그를 붙잡았더라도 아마 아무 짓도 못했을 것이다. 내 눈먼 분노는 이미 지나간 뒤였다. 살면서 눈먼 분노에 굴한 것은 그때가 처음이자 마지막이었다.

**

나는 산 로렌초 골목으로 이어진 그 추격전을 그려

보았다. 라 사피엔차La Sapienza 대학 발치에서 대학가가 시작되는데, 그곳은 정치적 스티커와 벽보, 스텐실이 덕지덕지 나붙은 곳이다. 어느 담벼락에 《어린 왕자》의 한 문장이 적혀 있다. "중요한 것은 눈에 보이지 않아." 더 멀리에는 이런 문구도 보인다. "분노도 폭발한다", "패션의 제물들은 엿이나 먹어라", "아르디타 Ardita[69]는 건드리지 마라"…. 흑백 벽보 하나는 리브레리아 아노말리아Libreria Anomalia에서 장 콕토의 〈시인의 피Sang d'un poète〉를 상영한다고 알리고 있다. 아나키스트 자료센터. 입장료 3유로.

이 정치적 메시지들은 일전에 어디선가 본 이 낙서를 떠올리게 한다. "흰 벽, 벙어리 민중." 이곳 사람들은 목소리를 크고 강하게 낸다. 반면 파리의 라탱 구역은 소멸되었다. 사적 야심만 가득하고 말하기는 거부하는 젊은 부르주아들이 그곳에서 공부한다. 독립 서점들은 텅 비거나 문을 닫았다. 가짜 아일랜드 펍 풍의 불결

---

[69] 서민축구의 상징인 오스티엔세 지역 축구 클럽 응원단이다(―옮긴이).

한 카페들에서는 외국인 교환학생과 관광객 들이 플라스틱 잔에 내오는 물 같은 맥주를 마시며 키득거린다.

이곳 로마의 청년들은 훨씬 더 전투적인 활동가 같다는 느낌이 든다. 그들은 별것 아닌 일에도 나서서 싸운다. 카사 파운드Casa Pound[70] 파시스트들의 포스터는 이내 반反파시스트 포스터로 뒤덮인다. 그리고 산 로렌초는 사회복지센터, 정치색 짙은 서점, 귀에 거슬리는 스피커를 통해 주기적으로 록 음악을 뱉어내는 술집의 자발적 불법점거로 분할되어 있다. 물론 이 지역도 부르주아화했다. 부르주아 보헤미안 계층의 외양을 취했다. 그렇기는 하지만… 나는 전기가 통하는 것 같은 찌릿한 분위기를 느낀다. 그 분위기는 비아 델리 아우소니via degli Ausoni에서 나와 함께 맥주를 병째 마시고 있는 청년들에게서 풍겨 나온다. 그들은 학생운동의 상징적 상표인 해링턴, 론스데일, 프레드 페리의 재킷을 입고 요란하게 떠든다. 그들 옆에서 여자들이 지

---

70) 무솔리니를 찬양하는 이탈리아의 극우 정당(─옮긴이).

루해한다. 한 청년이 손에 맥주를 들고 친구들 앞에 서서 한층 더 큰 소리로 말한다. 그러자 계산대 뒤에서 술집 주인이 미닫이 창문을 열고 그에게 묻는다.

"어이, 대체 무슨 얘기를 하느라 그렇게 큰 소리로 떠드는 거야?"

"축구 얘기요!"

"그럼 난 관심 없어⋯."

술집 주인이 한숨을 내쉬고 공모의 미소를 지으며 이내 창문을 닫는다. 모두가 웃음을 터뜨리는 가운데 토론이 다시 이어진다.

나는 술집 안에서 어떤 무리와 어울린다. 소개가 빠르게 끝나고, 모두들 내가 로마에 온 이유에 관심을 보인다. 프랑스 대학생이 파졸리니의 자취를 좇는다고? 저마다 그에 관해 의견을 내놓는다. 영어를 잘 못하는 이들은 하던 논쟁을 계속 이어가는 편을 택한다. 그러면서도 상냥한 몸짓으로 눈을 찡긋하며 학교에서 배운 기초 프랑스어 몇 마디와 함께 잔을 부딪친다.

다비드가 말한다.

"파졸리니가 조금 유행이긴 하죠. 〈살로Salò〉는 대단히 위험한 이탈리아 영화고요."

"맞아요. 〈살로〉는 그렇지요. 프랑스에서도 파졸리니 이야기를 하면 즉각 그 영화를 떠올려요. 그런데 그가 무엇보다 시인이라는 사실을 아세요?"

내 말에 다비드가 솔직하게 털어놓는다.

"고백하는데, 나는 그의 글을 전혀 안 읽었어요. 책제목 하나도 떠오르는 게 없어요…. 그렇지만 그의 정치적 참여에 대해선 알아요. 텔레비전과 소비사회에 대한 비판…. 그런 생각들은 요즘 다시 곱씹어도 괜찮지요. 그 점에 관해서는 나도 파졸리니와 의견을 같이해요."

"그의 시를 꼭 읽어봐야 해요. 나는 그 시를 원어로 읽을 수 없는 것이 안타까워요. 큰 아쉬움이죠. 그렇지만 번역시만 봐도 놀라워요."

다비드는 프랑스인이 이탈리아 문학에 대해 자신에게 조언하는 것을 재미있어 한다. 그가 나를 살짝 도발하며 말한다.

"방금 이야기한 파졸리니의 생각에 대해서 말인데…." 그는 황갈색 페로니[71]의 마지막 모금을 삼킨 뒤 낮은 탁자에 병을 내려놓고는 기지개를 켜며 다시 말을 잇는다.

"그의 생각에서 나는 나를 발견하게 돼요. 하지만 그는 모라비아, 라우라 베티Laura Betti[72] 등 꽤 안락한 지식인 친구들 틈에서 지냈어요. 로마의 상류층과 교류하면서 가난한 이들을 옹호했죠. 다 좋아요. 그런데 여기에 무슨 일관성이 있죠?"

"그건 잘못 안 겁니다! 파졸리니는 로마 도심의 살롱보다는 변두리에 죽쳤어요. 분명 그는 작업으로 보나 지적 교류로 보나, 고급 주택가도 들락거렸지요. 하지만 그가 프롤레타리아에 대해 즐겨 이야기하는 건 직접 경험을 했기 때문이에요. 그가 1950년대 초 로마에 와서 처음으로 한 일이 무엇인지 알아요?"

---

71) 이탈리아 맥주 상표명(─옮긴이).
72) 1927~2004, 이탈리아의 여성 영화배우. 페데리코 펠리니Federico Fellini, 파졸리니 등의 영화에 출연했다(─옮긴이).

"몰라요, 말해보세요!" 다비드가 잘못 걸려들었다는 표정으로 재미있어하며 묻는다.

"로마에 발을 들여놓자마자 그가 세운 첫 번째 목표는 변두리 방언을 배우는 것이었죠. 그는 어떤 모르는 남자의 도움으로 그곳에 정착했고, 그 시절 그 지역의 언어를 배웠어요. 그 덕분에 소설 《거리의 아이들 Ragazzi di vita》,《폭력적인 삶Una vita violenta》과 첫 영화 〈아카토네Accatone〉의 시나리오를 썼지요. 게다가 그는 감옥 근처 레비비아Rebibbia에서 살았어요. 그곳은 요즘의 트라스테베레Trastevere[73] 같지는 않았던 것 같아요…."

"고백하는데, 난 하나도 모르는 얘기네요. 파졸리니에 관해 잘 아는 것 같군요. 하지만 죽은 지 40년이나 된 파졸리니로 무엇을 하려는 거죠? 조금 더 말해줘요."

이야기보따리가 펼쳐진다. 우리는 거의 모든 것에

---

[73] 로마 중심부 테베레 강 좌안 지역. 로마에서 가장 오래된 서민 지구로, 중세 무렵부터 직인職人과 유대인 등이 살았고, 현재도 음식 값이 저렴한 식당이 많다(―옮긴이).

관해 이야기한다. 나는 로마에 관해, 청년들에 관해 꽤 많은 질문을 던진다. 그들의 현실에 대해. 테이블마다 자꾸만 맥주병이 돌아간다. 결국 하룻밤 사이에 나와 친구가 된 그들은 언어장애로 인한 소심함을 버리고 프랑스어를 조금 더 적극적으로 시도한다. 소통에 성공하지 못해도 재미있어한다. 뒤쪽, 찢어진 가죽 소파에 앉은 사람들은 하시시를 피운다. 또 다른 청년들은 베이비 풋 게임을 한다. 그리고 밴드는 여전히 격렬한 록 음악을 연주하고 있다. 나는 음향장치가 토해내는 울부짖음이 이탈리아어라는 것만 알 뿐이다. 야성적인 음향과 천진한 목소리 사이에 괴리가 느껴진다. 엘레트라는—나는 그녀의 이름에서 서정성이 느껴진다고 말한다—로마 학생들에 관한 많은 일화를 나에게 말해준다. 모두 기억나지는 않는다…. 일곱 세대 전부터 로마에 살지 않았다면 진짜 로마인이 아니다. 이 말은 기억난다. 그들은 나라보다는 어느 지역, 도시, 동네, 심지어 어느 축구팀 소속임을 더 자주 강조한다. 애착의 탈중앙화, 감정의 지리적 분할 현상이랄까. 내가 그곳에서 몇백 미터 떨어진 곳에 있는 거대한 라 사피엔차 대학으로 산책을 다녀왔다고 말하자, 엘레트라가 걱정하며 묻는다.

"아테나 조각상 봤어요?"

"물론이죠. 안 볼 수가 없잖아요. 캠퍼스 한가운데 세워져 있으니."

"그 눈을 쳐다보지 않았어야 하는데… 그러면 불행이 온대요."

아테나 조각상은 '아이 컨택'을 하기엔 너무 컸다. 그리고 나는 불행을 겁낼 일이 없다.

***

맥주만 마셨더니 배가 고파서 나는 뭘 좀 먹으려고 하룻밤 우정 곁을 떠났다. 아직 열려 있는 근처 지하식당에서 스트라체티straccetti[74]를 먹었다. 그런 다음 철

---

74) 채소와 치즈를 넣어 만든 이탈리아 소고기 요리(―옮긴이).

로가 테르미니의 뱃속에서 끝나기 직전, 철로 반대편의 정사각형 안뜰 5층에 자리한 내 방으로 갔다.

내가 만난 학생들만 그런 건지 모르겠지만, 이곳 학생들은 파졸리니에 대해 흐릿한 생각만 갖고 있었다. 그들은 영화에 대해—〈살로〉뿐만 아니라 니네토 다볼리Ninetto Davoli가 상징적인 배우 토토Toto와 함께 연기한 〈매와 참새Uccellacci e uccellini〉에 대해 이야기했다—, 정치적 참여에 대해, 그리고 그가 살해된 일에 대해 이야기했다. 이제는 더이상 언급하는 사람이 없는, 모두가 아는 죽음이다. 그 죽음은 받아들여졌고, 해법 없는 난제, 해결할 수 없는 논쟁들에 물든 이탈리아의 암울한 시절의 불가사의로 정리되었다. 다시 한번 말하지만, 어쩌다 잘못 걸린 만남인지도 모른다. 일반적인 카페였다면 파졸리니에 관한 박사 논문을 준비 중인 전공자나 그를 자신들의 정치 투쟁에 이용하려는 광적인 무리를 만났을지도 모른다. 하지만 나는 대학 근교에 있었고, 무지한 사람들과 이야기를 나눈 느낌도 아니다. 더 멀리까지 배회할 생각은 없다. 숙소로 돌아간다. 포르타 산 로렌초Porta San Lorenzo에 이르기 전, 길과 철로 사이 가로등이 비추고 있는 벽돌담에 흰색 페인트로 멋 부리려는 노력도 없이 이렇게 쓰여 있다: 'CIAO ANTO.' 두 단어 사이에 빨간 별 하나가 그려져 있다. 처음에 나는 그것이 이론가이자 공산당 창립자로 파시스트 정권하에서 오랫동안 투옥되었다가 1937년에 사망한 안토니오 그람시Antonio Gramsci에게 보내는 윙크라고 생각했다. 그러나 조금 찾아본 결과, 산 로렌초 서쪽 끝에 휘갈겨쓴 그 흉터가 2006년 1월 17일에 살해된 반파시스트 활동가에게 표한 경의라는 것을 알게 되었다. 매년 1월이 되면 사람들은 그 조잡한 여덟 글자를 새 페인트로 다시 쓴다. 서서히 지워지는 흉터를 되살리는 것이다. 그러니까 나는 페인트가 다시 칠해지고 갓 며칠이 지났을 때 그곳을 지난 것이다.

나는 두 손을 주머니에 찔러넣고 얼굴을 점퍼 안쪽에 묻은 채, 철로 밑으로 내려가는 터널 속으로 접어든다. 하늘을 피해 숨어서 비워낸 오줌의 악취를 바람이 씻어간다. 가판대 주인이 장사를 접고 있다. 식료품 가게들은 아직 불을 켠 채 창백한 가로등 불빛에 네온 불빛을 섞고 있다. 내일 아침, 나는 안토니오 그람시에게 "차오!" 하고 인사를 하러 갈 것이다. 그는 로마 남쪽 테스타치오Testaccio 근교, 체스티우스Cestius 피라미드 뒤쪽에 묻혀 있다.

10

묘지는 고양이들의 왕국이다. 고양이들은 무덤을 따라 죽은 자들 사이를 영주처럼 여릿여릿 관능적으로 배회한다. 그늘이 졌을 때는 차갑다가 첫 햇살이 쏟아지면 따뜻하게 데워지는 비석에 얼굴을 문지르며 귀를 구긴다. 고양이들은 언제나 조용하고, 고인들의 평온을 존중하며 발끝으로 사뿐사뿐 지나다닌다. 깨우지 않으려고. 애정을 갈구하되 절대 방해는 하지 않으려 한다. 고양이에겐 귀족의 도도한 태도가 있다. 순종이

건 명문의 후예이건 잡종이건, 대개 그렇듯이 고양이는 죽을 때까지 품위를 지킨다. 죽을 때가 가깝다고 느끼면 홀로 떠나 죽음 속으로 들어간다. 밤이 되어 고양이를 부르고 구슬려도 소용없다. 우리가 외쳐 불러도, 밥그릇을 두들겨도 돌아오지 않는다. 고양이는 왕자이고, 묘지는 그들의 왕국이다. 로마의 비非가톨릭 신자 묘지는 영국인 묘지라고도 불리는데, 이곳도 예외는 아니다. 곳곳에 가녀린 고양이들이 보인다. 녀석들은 교묘히 샛길로 지나다니며 애정을 갈구하고, 이마를 내밀고, 분수에서 떨어지는 물을 핥거나 태아처럼 몸을 웅크린 채 한쪽 귀를 열고 잠을 잔다.

그날 아침 영국인 묘지에는 아무도 없었다. 비가톨릭 식으로 장례를 치른 유해들이 그곳에 묻혀 있다. 소나무들이 가로로 누워 로켓처럼 하늘로 날아오르고 있다. 모든 것이 푸르고, 무덤들은 고요하다. 바람만이 나무 꼭대기에서 휘파람 소리를 내며 나뭇가지를 흔든다. 근처 거리에서 개 짖는 소리가 들린다. 침 흘리고, 지나치게 충직하고, 냄새 나는 가련한 짐승들….

그 소리가 개는 묘지에 받아들여지지 않는다는 사실을 환기한다. 개들에게는 금지된 곳. 고양이에게 금지된 공공장소를 본 적이 있는가? 나는 없다. 그림자 같은 그 짐승들은 벌을 받지 않는다.

나는 안토니오 그람시의 무덤을 찾는다. 이탈리아 공산당의 창립자가 그곳에 묻혀 있다. 파졸리니가 무덤을 마주하고 고개를 살짝 숙인 채 베이지색 레인코트에 두 손을 찔러넣고 서 있는 유명한 사진이 있다. 1957년 파졸리니는 1950년대에 쓴 시들을 묶어《그람시의 유해Le Ceneri di Gramsci》를 출간했다. 그 속에 수록된 〈겸손한 이탈리아L'umile Italia〉라는 10행시의 일부는 내가 애정을 느낀 묘지의 고양이들을 그리고 있다.

세상 곳곳이 한결 성스러워진다
동물이 있으되 세상의 시를,
애초의 힘을 배반하지 않을 때.
좋게든 나쁘게든 세상의 신비를 고갈시키는 건
우리 인간들이다.

이탈리아가 그렇다, 또한

이탈리아는 그렇지 않다….

　파졸리니는 로마 중심부의 소란에서 멀리 떨어진, 호화로운 성 베드로 광장에서는 더더욱 멀리 떨어진 비가톨릭 묘지를 거니는 것을 좋아했다. 아침 햇살을 받으며 한 시간가량 그곳에 머물면서 나는 그가 그곳에서 얻었을 평온을 이해한다. 그러나 얼마 후 다시 그람시에 관심을 기울이며 두 사람을 비교해보았다. 파졸리니의 고뇌를 하나하나 좇으면서 그람시에 주목하지 않을 수 없었다. 그의 책을 읽을 수밖에 없었다. 파졸리니가 언급한 어떤 인물도, 어떤 세부사실도 내가 몰라선 안 되기 때문이다. 적어도 그러려고 애썼다. 파졸리니가 편지에서 베토벤의 어떤 교향곡이 자신의 내면에 불러일으킨 고통과 감동을 언급하면 나는 즉각 독서를 미루고 그 교향곡을 들었다. 귀를 통해 그를 이해하려고 애썼다. 누군가의 자취를 좇는다는 것은 자신의 모든 감각을 여는 일이다. 모든 기관을 긴장시키는 일이다.

《사략록》에서 파졸리니는 자신이 프리울리의 농업 노동자들과 접촉하면서 공산주의자가 된 과정을 설명한다. 그는 당의 지역 세포조직에 가담했고 그람시와 마르크스를 읽었다. 카사르사에서 안젤라는 파졸리니가 프리울리의 공산당 대표로 파리에 파견되었다는 사실을 나에게 알려주었다. "그때가 1948년이었어요. 그는 파리에서 돌아와 그곳에서 이루어진 논의 내용을 보고하기 위해 공산당 세포조직을 대상으로 강연을 했지요. 이 사진이 그때 찍은 거예요." 안젤라는 손에 종이를 들고 마이크 앞에 선 진지한 얼굴의 파졸리니 사진을 나에게 보여주었다.

나는 파리정치대학에 다닐 때 안토니오 그람시를 알았다. 그때까지 그의 글은 한 번도 읽은 적이 없지만 그에 대해 조금은 말할 수 있었다. 나는 그의 《옥중 수고》와 짧은 글 모음 《나는 무관심을 증오한다》를 빌렸다. 그리고 읽자마자 바로 충격을 받았다. 그람시를 읽지 않고 파졸리니의 이탈리아어 시집 《그람시의 유해》

를 어떻게 이해한단 말인가? 나는 파졸리니에게 영향을 미쳤을 구절들에 밑줄을 그어가며 그 책들을 집어삼키듯 읽었다. 그람시는 일평생을 감옥에서 보냈다. 파시스트들이 그를 10년 넘게 감금한 것이다. 그는 병든 몸으로 출옥해서 겨우 하늘을 보고 이내 세상을 떴다. 나는 그람시의 인생 역정을 읽고 파졸리니와 비교해보았다. 그람시는 1910년대에 고향 사르데냐를 떠나 북부 산업지대로, 피아트가 자동차 산업에 뛰어들어 공장을 늘리고 있던 토리노로 간다. 그렇게 대도시의 위험에 적응한다. 파졸리니가 프리울리를 버리고 로마 속으로 녹아들었듯이. 그다음에는? 격분해서 이념 투쟁에 가담한다. 1926년 처음 투옥된 그람시는 미친 듯이 글을 쓴다. 당시 부모에게 보낸 편지에서 그는 사르데냐 방언에 관한 책들을 부탁했다. 그는 고향의 언어를 배우고, 거대 이데올로기들에 제동을 거는 시골의 배타주의에 관심을 쏟으려 한다. 그래서 일부 공산주의자들이 주장하던 프롤레타리아를 위한 유일한 언어 에스페란토어를 만드는 데 반대한다. 소통의 유일한 수단을 강요하는 것은 문화를, 구어를, 한 지역의 특성을 망가뜨리는 일 아닌가? 언어를 위한 이런 투쟁이 파졸리니에게 옮아가지 않았을까? 파졸리니도 금세 이탈리아어의 파괴를 암처럼 느꼈다.

언어를 창조하고, 구상하고, 통일하는 중심은 이제 대학이 아니라 기업이다. 광고 슬로건들이 지닌 엄청난 언어적 감응력만 봐도 충분히 알 수 있다…[75]

방언을 위한 파졸리니의 투쟁, 프리울리나 시골 마을 방언을 위한 그의 투쟁은 그람시의 이 말에서 직접적으로 영감을 받은 것이 아닐까?

언어는 단지 소통 수단만이 아니다. 무엇보다 예술작품이며 아름다움이다. 이는 인구의 가장 비천한 계층

---

75) 피에르 파올로 파졸리니, 《이단적 경험주의Empirismo eretico》, 엔초 시칠리아노가 《파졸리니, 어떤 삶》에 인용.

에게도 마찬가지이다. 이것은 평소 쓰지 않던 언어나 방언으로는 자신의 뜻을 잘 표현하지 못하는 모든 이들이 짓는 웃음으로 증명된다.[76]

20세기 초, 그리고 최근까지도 얼마나 많은 농민이 읽을 줄도 쓸 줄도 몰랐던가? 그들의 교양은 다른 곳에 있다. 그들의 감각의 힘, 손아귀의 힘 속에 있다. 그들의 교양은 세상을 보는 방식에, 땅을 연상시키는 언어가 땅과 맺는 관능적인 관계에 있다. 지방 작가들―앙리 보스코Henri Bosco, 자비에 그랄Xavier Grall, 장 지오노Jean Giono나 장 드 라 바랑드Jean de La Varende―의 글을 읽을 때, 나는 내가 알지 못하던 어휘들을 깨닫는다. 뼛속까지 도시인인 나는 지하철 광고 메시지들은 외우지만 나무 이름은 다섯 종류 이상 대지 못한다…. 외진 시골 동네의 양철 지붕을 얹은 간이 비바람막이 시설 주변을 배회하는 요즘 아이도 나와 마찬

---

76) 안토니오 그람시,《문법과 언어학》.

가지일 것이다. 그 아이는 읽을 줄 안다. 쓸 줄도 안다. 그러나 중학교에 들어가면서부터 나무에 기어오르는 것을 그만두었다. 책가방도 이스트팩으로 바꿨다. 친구들처럼. 그 아이는 부모가 일터에 있는 동안 첫 포르노 비디오를 본다. 친구들처럼. 지상파 텔레비전이 보여주는 개그맨들의 똑같은 농담에 웃는다. 쉬는 시간이면 텔레비전에서 본 것들에 관해 떠든다. 이야기할 것 없어. 친구들이 말린다. 그들도 봤기 때문이다. 그래서 파졸리니는 그람시에게 이렇게 응수한다.

청년들이 오래된 대중적 가치들을 잃어가고, 자본주의가 강요하는 새로운 규범들을 흡수하면서 스스로 비인간화되고, 실어증, 비판 능력 상실, 선동적인 수동성 같은 끔찍한 위험을 감수하는 모습을 보니, SS[77]의 특징이 바로 그러했다는 사실이 떠오른다— 나치의 만卍자형 십자가의 끔찍한 그림자가 우리네

---

77) 독일 친위대.

도시에 드리우는 모습이 보인다.[78]

더는 의심할 것 없다. 내가 그람시를 읽은 것은 일종의 계시다. 머릿속에서 모든 것이 명료해진다. 나의 신경세포들을 뒤흔든 공기가 가라앉는다. 나는 머릿속 천창들을 다시 닫았다. 그람시를 생각하니 파졸리니가 더 잘 이해된다. 방언 옹호, 프롤레타리아와 그들의 정체성 옹호, 제동 없는 투쟁에 몸을 던진 그들…. 두 사람의 멋진 미장아빔mise en abyme[79]이다. 두 사람 모두 제각기 히스테릭한 이탈리아 속에서 부대꼈다. 이탈리아는 작업벨트가 삐걱거리는 작업장에서 엉망으로 움직였고, 새 공장들의 굴뚝처럼 불타올랐다.

그람시와 파졸리니는 각각 자기 세기 속에서 자동인형처럼 앞으로 나아가는 똑같은 겁쟁이를 글로 고발했

---

78) '집단학살'('부활', 1974년 9월 27일), 《사략록》.
79) 그림 속 거울이나 창문, 액자처럼 작품 속에 또 다른 틀이 도입된 구성 또는 거울과 거울을 마주보게할 때 무한히 서로를 비추는 이미지를 가리킨다(—옮긴이).

다. 그들은 전쟁을 경험했다. 1차 세계대전과 2차 세계대전⋯. 두 번에 걸쳐 펼쳐진 현대의 도살장. 1917년 11월 24일에 그람시가 쓴 이 말은 나에게 깊은 인상을 남겼다.

> 3년의 전쟁은 세상을 민감하게 만들었다. 우리는 세상을 느낀다. 전에는 생각하는 것만으로 족했는데 [⋯] 예전에 불확실하고 모호했던 것을 이제 우리는 명료하게 본다. 우리는 과거에 국가나 대표적인 개인들만 보았던 곳에서 사람들을, 수많은 사람들을 본다.[80]

지식인들의 고통스러운 문제 제기, 의회의 근사한 연설, 엄숙한 서두. 판결문의 양식을 보면 그람시가 관념론자가 아니었다고 믿게 된다. 나는 의문을 제기한다. 왜 오늘날 좌파는 더이상 그람시에 호소하지 않을

---

80) 안토니오 그람시, 《나는 무관심을 증오한다》.

까? 참고할 대상을 너무 많이 만드느라 그를 참고하는
걸 잊은 것은 아닐까? 반파시스트들은 그의 책을 읽기
라도 했을까? 이건 천 번도 더 거듭된 공허한 의문들
이다. 그러나 내 생각에는 좌파 정치인 대다수, 심지어
극좌파 정치인들도 1917년 2월 11일에 그람시가 쓴
다음의 문장에 넘치도록 부합하지 않을까 싶다.

> 사람들은 언제나 자신의 정신적 실패의 이유를 자기
> 밖에서 찾는다. 원인이 언제나 그들의 나약함 그리고
> 기개와 지성 부족에 있다는 걸 결코 믿지 않으려 한
> 다. 지식의 딜레탕티슴이 있듯이 믿음의 딜레탕티슴
> 도 있다.[81]

그 시절 파졸리니는 이 말을 글자 그대로 받아들였
다. 이념의 연장으로. 그람시의 글은 파졸리니의 글만
큼이나 내 안에 어떤 감동을, 색채를 불러일으킨다. 그

---

81) 같은 책.

람시의 감옥 창살은 오늘날에는 바코드라는 조금 더 섬세한 형태를 띤다. 그러나 똑같은 구속이요, 동일한 억압이다. 내 몸은 넘어졌다. 부서졌다. 내 육신은 염세주의의 악취를 풍기지만, 파졸리니와 그람시처럼 기쁨은 여전히 남아 있다. 영혼이 계속 저항하기 때문이다. 뇌는 온전하다. 아니, 거의 온전하다. 내 몸은 어려서부터 이미 성인의 몸 형태를 갖추었다. 내 몸은 적응했고, 육체적 혁명은 불식되었다. 그러나 영혼은 죽을 때까지 저항할 수 있다. 그람시가 지지했던 피아트 공장의 노동자들은 매연에 몸은 새까매졌고, 뼈가 부러졌다. 그러나 투쟁은 그들의 내면에서 끊임없이 쇄신된다. 오늘날, 믿음을 거부하는 세상, '소프트 파워'가 우리의 감염된 헛된 투쟁을 이기는 세상에서 내가 마땅히 있어야 할 곳에 있지 않다고 느낄 때도 마찬가지다. 그러나 약간의 의지와 정신력, 무관심에 대한 거부만 있다면 '소프트 파워'는 결코 피부 속으로 미끄러져 들어가 영혼에 이르지 못한다. 혈농성의 믿음보다 가슴 아픈 것은 없다. 그람시는 또다시 이렇게 썼다.

나는 무관심을 증오한다. 프리드리히 헤벨Friedrich Hebbel처럼 나는 "산다는 것은 지지자가 된다는 것을 뜻한다"고 믿는다. 인간만, 도시와 무관한 이방인만 존재할 수는 없다. 진정으로 살아 있는 사람은 시민일 수밖에 없고, 어느 한쪽 편에 설 수밖에 없다. 무관심은 무기력이고, 기생寄生이고, 비겁함이지, 삶이 아니다. […]

나는 살아 있고, 지지한다. 그래서 어느 편에도 서지 않는 사람을 증오한다. 나는 무관심을 증오한다.[82]

파졸리니는 그람시의 유해 위에 우뚝 섰다. 나는 파졸리니의 숯불 위에 우뚝 섰다. 그처럼 영국인 묘지 안쪽 움푹한 곳, 바람은 피하고 태양의 첫 햇살은 누리는 그곳에서, 나는 안토니오 그람시의 무거운 무덤 앞에 말없이 섰다. 나지막한 나무 한 그루가 무덤을 살짝 덮고 있다. 붉은색 꼭두서니 한 다발과 조약돌 몇 개가

---

82) 1917년 2월 11일, 안토니오 그람시, 《미래 도시》.

무덤 앞에 놓여 있다. 알프스 남부를 피해 북쪽에 자리한, 탈리아멘토 강 상류 주변에도 똑같은 꽃이 피어 있는 것 같다. 아무 말도 하지 말 것. 숨을 쉴 것. 고양이들이 구석구석 다니도록 내버려둘 것. 고양이들이 죽은 이들 곁에 똬리를 트느라 털이 스치는 소리를 들을 것. 그중 한 마리가 다가와 내 다리에 몸을 문지른다. 나는 쪼그리고 앉아 고양이에게 손을 내민다. 녀석이 냄새를 맡더니 내 손을 핥는다. 까끌까끌한 혀로 내가 손에 쥐었던 음식의 마지막 흔적을 찾는다. 고양이는 실망해서 거의 항의를 하며 떠나간다. 나는 왕자의 자아에 아첨했다. 그러나 하찮은 농노 주제에 왕자에게 먹을 것을 주지 않았다. 나는 그에게 그람시를 맡기고 떠난다.

나는 묘지를 나서 테베레 강 쪽으로 향하며 추운 비아 마르모라타via Marmorata로 접어들었다. 우체국은 거대했다. 한눈에 무솔리니 풍 건축물임을 알아볼 수 있다. 작은 아치 모양의 긴 입방체가 주사위 모양의 플라스틱 블록 놀이에 입문한 어린아이가 조립한 장난감처럼 놓여 있다. 무솔리니는 좋든 나쁘든 로마를 바꿔놓았다. 그리고 우리도 독재자들과 마찬가지다. 사람은 어딘가에 —우체국에, 법률에, 그림에, 책에, 종이쪽지에…—자신의 흔적을 남기려는 욕구를 느낀다. 보잘것없는 자기 삶을 한 조각이라도 남기려는 똑같은 인간적 욕구다. 그래서 우리는 스스로를 시험한다. 부딪친다. 실패한다. 그리고 다시 시작하거나 포기한다. 이번에는 파졸리니나 그람시도 나를 단념시키지 못할 것이다. 1929년, 안토니오 그람시는 감옥에서 나에게 꼭 들어맞는 다음의 문장을 동생 앞으로 써보낸다. "나는 지성으로는 비관주의자요, 의지로는 낙관주의자야."

나는 바람이 스스로를 잡아먹는 강력한 구멍 같은 비아 마르모라타를 따라 걸어가듯 바람을 마주하고 나아갈 것이다. 바람이 내 얼굴을 후려친다. 바람이 싸움판에 뛰어들 때는 절대 너무 큰 대로로 접어들지 말아야 하는데. 실수다. 바람을 맞고 나아가려면 골목길로 접어들어야 하고, 그 틈에 좁은 길을 다녀보는 것도 좋다. 우회하게 되고 빛도 잃겠지만, 그런 것은 중요하지 않다. 적어도 온전한 얼굴로 목적지에 다다를 것이다. 그래서 나는 돌아간다. 그러다 테베레 강에서 몇 발짝 떨어진 지점에서 행복한 우연으로 양지 바른 작은 담장을 만난다. 그 담장 위에 검은색 스프레이로 이런 낙서가 쓰여 있다.

세상은 용감한 자들의 것이지만, 세상을 누리는 건 바보들이다(피에르 파올로 파졸리니).

11

"오늘날 나는 〈분노La Rabbia〉[83]의 유일한 증인이다. 다른 사람들은 모두 죽었다."

---

83) 1963년에 발표된 파졸리니의 영화.

빌라 보르게세Villa Borghese[84]가 있는 복잡한 길에서 멀리 떨어진, 비아 알레산드리아via Alessandria에 위치한 아파트에서 카를로 디 카를로Carlo di Carlo는 다리를 꼬고 양홍색 소파에 앉아 있다. 사방에 책과 신문지 더미가 보인다. 내 뒤로 그의 작업용 책상이 있고, 책상도 종이 더미에 뒤덮여 있다. 책이 넘쳐나는 책장들이 천장까지 솟아 있다. 디 카를로는 〈맘마 로마〉와 〈분노〉 때 파졸리니의 조감독이었다. 그라면 이 영화들의 쟁점을 좀 더 정확히 설명해줄 것이다. 우리는 그에 대해 이야기할 것이다. 그리고 그를 통해 파졸리니에 대해 이야기할 것이다. 지친 동물 같은 눈 아래 흰 콧수염을 기른, 작달막하고 무감해 보이는 키 작은 남자 카를로 디 카를로. 그는 세심한 연구를 하며 많은 시간을 보낸 탓에 볼이 꺼졌다. 두드러진 눈 그늘도 많은 것을 말해준다. 눈 그늘 때문에 호인처럼, 서두르지 않는 사람처럼 보이지만, 사실 그는 시간을 분 단위로 쪼개 쓰

---

84) 테르미니 역에서 20분 거리에 있는, 로마에서 가장 큰 공원(─옮긴이).

고 있다. 그는 프랑스어를 완벽하게 구사한다. 내 세대 사람들과 다른 점이다. 요즘 젊은 이탈리아 남자들은 프랑스어를 못하니 하는 말이다. 우리처럼 그들 역시 영어가 국경을 훨씬 쉽게 건너게 해주는 세상의 요구에 적응한 것이다. 이탈리아에서는 나이 든 신사들과 일부 아프리카 이민자들만 프랑스어를 알아듣고 말한다. 그리고 일반적으로 모두가 라틴어족 자매인 프랑스어를 좋아한다.

카를로 디 카를로는 1961년 볼로냐에서 영화잡지를 간행했다. 그러다 일 때문에 로마로 갔다.

"여기서 석 달을 보냈을 때 부친이 돌아가셨어요. 그래서 볼로냐로 다시 돌아갔고, 아버지의 장례식 날 처음 피에르 파올로 파졸리니를 만났지요."

"파졸리니가 선생님 부친의 장례식에 왔단 말입니까?"

그가 소파 등받이에 몸을 기댄 채로 두 팔로 엑스 자를 그리며 서둘러 대답한다.

"아니, 그건 아니오. 장례식과는 상관없는 일이었

지. 장례식을 끝내고 나는 리브레리아 팔마베르데 Libreria Palmaverde로 갔다오. 로베르토 로베르시Roberto Roversi[85])가 만든 서점이지. 그런데 파졸리니가 베르나르도 베르톨루치와 함께 그곳에 와 있었어요. 그와 이야기를 좀 나누었는데, 그가 곧바로 나에게 다음 영화 〈맘마 로마〉의 조감독이 되어주겠냐고 물었어요. 조감독이었던 베르나르도가 입봉을 하겠다고 떠났기 때문이지. 물론 나는 받아들였어요."

"촬영 때 기억은 어땠습니까? 파졸리니는 어떤 사람이었죠?"

"그와는 바로 우정과 존중의 관계가 시작되었다오. 우리는 동료였고, 온갖 일을 함께 했어요. 매일 아침 둘이서 영화에 관해 메모를 했지. 나는 무엇보다 안나 [마냐니]Anna [Magnani]를 맡았다오. 그녀를 전담했지. 파졸리니는 나를 신뢰했어요. 그때 내 나이가 겨우 스

---

85) 1923~2012, 시인, 서점 주인이자 로베르토 로베르시 출판사 대표. 파졸리니와 함께 1955년에 〈오피시나〉라는 잡지를 창간하기도 했다(―옮긴이).

물세 살이었는데…."

"아, 스물세 살이면 지금 제 나이네요!"

그가 미소 짓는다. 눈가에 주름이 살짝 잡힌다. 그가
다시 말을 잇는다.

"그런 다음엔 모든 일이 일사천리로 진행되었다오.
나는 그와 함께 단편영화 〈라 리코타La Ricotta〉[86]도 찍
었고, 그 뒤엔 둘이서 기록영화 〈분노〉를 찍었지. 젊은
이는 모르겠지만, 옛날엔 영화관에서 뉴스를 보여줬
어요. 영화관 뉴스를 만들면 큰돈을 벌 수 있었지. 그
런 뉴스 제작자들 중 한 사람이 파졸리니에게 자기 자
료를 가지고 다큐멘터리 영화를 만들어보라고 제안한
거요. 파졸리니는 한 편은 시 텍스트로, 또 한 편은 산
문 텍스트로 만들 생각을 했어요. 그리고 다큐멘터리
의 첫 편집을 했다오. 사실 그때는 그가 아직 영화인으
로 인정받지 못한 때였지. 제작자는 그 영화가 지나치

---

86) 파졸리니가 Ro. Go. Pa. G. 프로젝트로 만든 단편영화. 로셀리니Rossellini, 고
다르Godard, 그레고레티Gregoretti와 함께 만든 연작 단편영화 중 한 편이다.

게 정치적이고 좌편향이라고 생각했어요. 사실 그는 파졸리니는 자신의 기록을 재해석하기만 하면 된다고 생각했다오. 그래서 일이 제대로 진행되지 않았어요. 그때 파졸리니는 이런 말을 했어요. 모든 걸 취소하느니, 오른쪽에서 그리고 동시에 왼쪽에서 보는 영화를 만드는 거야. 그런 다음 우파 관점을 위해 대단히 우파 성향의 잡지를 간행하던 조반니노 과레스키Giovannino Guareschi를 선택했어요. 과레스키는 《돈 카미요Don Camillo》로 무척 인기 있는 작가였지. 혹시 아오?"

"읽어보진 않았지만 이름은 압니다."

"좋아요. 그러면서 파졸리니는 나에게 말했다오. '다른 걸 하느니 이걸 하는 게 낫겠어. 적어도 영화는 만들어져 있잖나.' 지금에 와서 생각해보면 〈분노〉는 한 편의 멋진 시가 된 것 같소…."

전쟁과 전쟁 이후를 겪고 세상엔 무슨 일이 일어났을까?

정상상태.

그렇다. 정상상태다. 정상상태에서 사람들은 자기 주
변을 보지 않는다. 주변의 모든 것이 절박한 세월의
흥분과 소요가 제거된 '정상'처럼 제시되기 때문이
다. 정상상태에 처한 사람은 조는 경향이 있고, 자기
자신에 관해 성찰하기를 잊고 자신을 판단하는 습관
도 잃어, 더는 자신이 누구인지 자문할 줄 모른다.[87]

파리로 돌아온 뒤 나는 과레스키에 관해 좀 더 알아
보았다. 그는 잡지 〈칸디도Candido〉를 펴냈는데, 그 잡
지에서 군주제에 대한 지지와 공산당 활동가들에 반
대하는 투쟁과 자신의 가톨릭 신앙을 감추지 않았다.
이를테면 〈칸디도〉에서 이런 글을 읽을 수 있다. "비밀
기표소에서도 하느님은 당신을 보고 있다. 스탈린은
보지 못한다." 나는 〈분노〉에 두 가지 버전이 존재한다
는 것을 미처 알지 못했다. 파졸리니가 DVD 재킷에서
지운 과레스키의 이름에 주의를 기울이지 않았다. 나

---

87) 피에르 파올로 파졸리니, 〈분노〉.

는 각 버전을 주의 깊게 살폈다. 나로서는 파졸리니의
버전이 훨씬 더 감동적이다. 흑백의 자료 영상들이 지
나간다. 파리, 수에즈, 쿠바의 전쟁 후 세월… 영상이
지나가는 동안 시인 조르지오 바사니Giorgio Bassani가
파졸리니의 시를 낭송한다. 텍스트는 엄숙하고, 파졸
리니의 생각은 영상과 목소리 속에 흩어져 있다. 나는
제대로 이해하기 위해 때때로 중지 버튼을 누른다. 역
사에 대한 기억을 되살려보고 다시 빠져든다. 파졸리
니는 반공산주의를, 보수주의자들을, 자신의 작은 안
락 속에 눌러앉은 부르주아를 공격한다. 또한 비인간
적인 산업화, 농민의 점차적인 소멸도 고발한다. 그는
민중의 딸 메릴린 먼로를 통해 아름다움의 죽음을 애
도한다.

세상이 그대에게 그대의 아름다움을 자각하게 해,
그대의 아름다움은 세상의 것이 되었다.
[…]
고대 세계에서 살아남고,

미래 세계가 요구하고,

현재 세계가 독차지한 그대의 아름다움은

그렇게 불행이 되었다.[88]

나는 파졸리니의 버전을 보고 한참 뒤에 조반니노 과레스키의 버전을 보았다. 그는 시인이 아니다. 어떤 서정적 열정도 활용하지 않는다. 그러나 아이러니하게도 그 역시 현대 세계의 인간성 상실을 보여준다. 콧소리 섞인 목소리는 마치 노래하는 듯하다. 인민전선의 세월, 첫 휴가, 새로 생긴 해수욕장들, 도빌Deauville이나 투케Touquet에서 수영복 차림에 웨이브 진 머리모양을 한 여자들을 빠르게 돌아보는 오래된 다큐멘터리 속의 목소리.

과레스키의 〈분노〉는 훨씬 유쾌하다. "모든 것을 위한 기계가 있지만, 아이들을 교육해주는 기계는 아직 찾지 못했다!" 연단 위를 행진하는 모델들은 흡사 소

---

88) 파졸리니, 〈분노〉.

비재 같다. 단 몇 분만 텔레비전에 나와도 즉각 유명해진다. 화면 속에서 발가벗은 한 남자가 온몸에 물감을 칠하고 흰 천 위를 미친 듯이 구른다. 나는 거기서 모두가 스스로 '예술가'라 여기는 탓에 똥값이 되어버린 현대미술에 관한 비판을 눈치챈다…. 리듬이 파졸리니의 버전보다 훨씬 빨라 위기감이 고조된다. 그러나 생각은 수렴된다. 이 영화가 나오고 50년이 흐른 지금에서야 나는 과레스키와 파졸리니의 관점이 여러 지점에서 만나는 것을 확인한다.

그런데 조금 더 자료를 뒤지던 중, 2008년 〈분노〉가 복원될 때 과레스키의 부분이 제외되었다는 사실을 알게 되었다. 알제리 전쟁과 식민지 해방에 대해 용납하기 어려운 입장을 취했다는 이유로. 나는 놀랐다. 오늘날 포르노 영화는 어린이든 노인이든 인터넷에서 세 번만 링크를 타면 접근할 수 있다. 나는 사담 후세인의 처형 장면을 실시간으로 보았고, 카다피가 약식 처형되는 장면도 여러 뉴스 채널에서 연속으로 보았다. 어느 겨울 아침에는 테러리스트들이 이미 총을 맞고 죽어가는 파리의 경찰관에게 총구를 들이대고 또 총을 쏘는 것도 보았다. 파졸리니는 〈분노〉에 이렇게 썼다. "파리의 암울한 대로들…."

그런데 그 50분짜리 역사적 기록물은, 물론 편향적이긴 해도 능숙하게 조사된 것인데도, '마스터링'할 만하다고 여겨지지 않았다. 그래서 흔적도 없이 사라졌다. 과레스키와 관련된 이 일화는 불관용不寬容의 전형이다. 서구사회가 아무리 장벽을 허물고 그 잔해 위에서 자유를 노래해도 소용없다. 1963년보다 요즘 검열이 더 심하다는 쓸쓸한 느낌이 종종 든다. 결국 과레스키의 작업은 2009년 피우지Fiuggi 영화제 때 파졸리니의 작업에 더해졌다. 내가 보기에는 파졸리니의 작업을 이해하는 데 필요한 자료다.

파리의 암울한 조짐들,
자유는 고통이 되었다.[89]

_____

89) 같은 책.

나는 카를로 디 카를로의 입술에서 〈분노〉의 모험에 가담한 자부심을 읽는다. 그는 1960년대 이탈리아 영화계, 그리고 그 나라의 다른 이야기들을 발견하게 해준다. 무엇보다 나는 이탈리아에도 오라두르쉬르글란 Oradour-sur-Glane[90) 같은 곳이 있다는 걸 알게 되었다. 그곳은 마르차보토Marzabotto로, 볼로냐 남쪽에 추모용으로 남겨진 폐허다. 나치 친위대가 그곳에서 수백 명 (1900명이라고도 한다)의 민간인을 학살했다. 그중에는 두 살배기 아이도 50명가량 있었다. 헤롯 왕이 명한 무고한 유아 학살, 〈마태복음〉에서 이야기하는 그 학살을 보는 느낌이다. 마르차보토, 마르차보토, 마르차보토…. 이 이름을 온 힘을 다해 기억해둘 것. 그리고 우리가 비아 알레산드리아에서 이 말을 하고 있는 동안 지중해 반대편에서는 새로운 무고한 사람들이 이슬람 민병대에게 떼로 죽임 당하고 있다는 것을 명심해야

---

90) 프랑스 누벨아키텐 지역의 한 마을로, 1944년 6월 10일 나치 친위대가 마을 주민 600여 명을 학살한 곳이다.

한다. 우리는 20세기에 집단학살이, 동기 없는 살인이 벌어지도록 내버려두었다. 이런 유형의 말들이 내뱉어지도록 내버려두었다. "문화라는 말을 들으면 나는 권총을 꺼낸다." 피는 속이지 못한다. 아프리카와 중동의 얼마나 많은 나라에 마르차보토와 오라두르쉬르글란이 넘쳐날까? 마을들이 말살되고, 문화는 도끼로 난자당한다. 그 모든 것이 고프로[91]로 촬영된다. 그리고 AFP 통신사를 통해 텔레비전 화면 너머로 우리 눈앞에 펼쳐진다. 정치권력의 정상들이 결정을 내린다. 그들은 권력을 쥔 악마들과 협상하고, 몸값을 주고, 드론을 보내고, 사격을 한다. 중재안을 찾는 사이 보코하람[92]은 이미 사막 한가운데 있는 마을 하나를 말살했다.

우리도 그들도 모두 천치들이다.

---

91) 아웃도어 활동 시 헬멧이나 운동기기에 장착해 영상을 기록하는 액션 캠 action cam의 브랜드명(―옮긴이).

92) 2002년 결성된 나이지리아의 이슬람 극단주의 테러 조직. 이슬람 신정국가 건설을 목표로 한다(―옮긴이).

**

　15시 30분. 한가한 오후 시간이다. 하루의 움푹 팬 이 시간이면 나는 늘 절망의 순간, 공허의 순간을 경험한다. 나는 오후를 싫어한다. 대개는 커피를 연거푸 마시며 지루해 한다. 그런데 카를로 디 카를로가 그 공허를 메워 우리 둘은 토론을 이어간다.

　"파졸리니는 재미난 사람이었습니까?"

　"그럴 수 있는 사람이었지. 그래요, 유머가 있었어요. 하지만 그게 그 사람의 주된 특징은 아니었다오. 파졸리니는 무엇보다 고독한 단독자였어요. 타인들에 대한 호기심이 많은 단독자. 게다가 그만큼 관대한 사람을 본 적이 없어요. 그는 영화와 관련해서 촬영팀에게 줄 수 있는 모든 것을 내놓았다오. 예를 들어 가난한 사람들에게는 돈을 주었지. 그러나 사람들이 다른 생각을 가졌다는 이유로 그를 얼마나 박해했는지는 신만이 알 거요…."

　"그런 위협 중 기억나는 것이 있습니까?"

"위협은 끊임없었지. 그는 영화와 소설 때문에 수도 없이 소송을 당했다오. 한번은 촬영을 하면서 주유소를 무장 습격했다고 고발당하기도 했어요. 이 일화가 믿기오? 나도 그 소송에 참여했지. 파졸리니는 이탈리아에서 가장 위대한 가톨릭 변호사 카르넬루티에게 도움을 청했다오. 그리고 카루넬루티는 자신과 많이 다른 사람이었지만 파졸리니를 성심성의껏 변호했지.

〈맘마 로마〉 촬영 때도 기억이 나는군. 어느 날 아침 우리가 촬영장에 도착했는데, 경찰이 모든 걸 봉쇄해둔 거요. 그 장소는 사유지라며 거기서는 아무것도 해서는 안 된다고 말하더군. 그런 일이 무궁무진했다오! 남들과 다르게 생각한다는 이유로, 사람들은 그에게 재갈을 물리려 했어요. 그런데 그는 그런 일로 고통 받으면서 한편으론 재미있어 하기도 했어요. 그는 경구를 찾아냈어요. '교황의 나그네쥐Pecoroni Papalini.' 그런 다음 자기를 핍박하는 사람들에게 이렇게 썼지. '교황의 나그네쥐인 늙은 그대들은 한 번도 존재한 적이 없더니, 파졸리니가 조금 존재하니 그제야 조금 존재하는군.'"

카를로 디 카를로는 천천히 여유를 갖고 말한다. 서두르지 않고 'r' 발음을 목구멍에서 굴려가며 나른한 프랑스어를 말한다. 오류는 전혀 없다. 그의 음색은 메말라 있다. 이탈리아인이 프랑스어를 말하면 모국어가 지닌 음악성과 몸짓을 잃어버린다. 내가 질문을 던지니 디 카를로가 부드러운 눈길로 나를 바라본다. 다시 한 번 확인하는데, 그의 얼굴을 지배하는 것은 눈이다. 모든 것이 눈에 드러난다. 어떤 사람들의 경우엔 눈이 다른 어떤 신체부위보다 그 사람에 대해 훨씬 많은 것을 말해준다. 눈이 말을 한다. 입은 다물어야 한다.

"파졸리니에 관해 박사 논문을 쓰는 사람들이 종종 나에게 전화를 해요. 그의 책과 영화는 많이 연구되었지. 나는 〈분노〉에 관해 발표를 하려고 브라질까지 간 적도 있다오. 큰 호기심을 갖고 파졸리니를 알고 싶어 하는 사람들이 있어요. 나를 찾아온 사람이 젊은이가 처음은 아니라오. 하지만 그가 죽고 난 뒤에는 그의 작업을 기리기 위해 용기를 내는 사람이 별로 없어요. 긴 침묵이 흘러갔지."

"선생님은 그분의 어떤 면을 좋아하십니까?"

"나는 그를 소설가보다는 시인으로 좋아한다오. 하지만 이 나라의 현실적 삶을 통찰력 있게 설명한 위대한 해설가로서의 면모도 좋아하지."

카를로 디 카를로가 일어섰고, 우리는 그의 아파트 안에서 몇 발짝 걸었다. 그가 검은 벨벳 바지에 두 손을 찔러넣은 채, 파일이 가득 든 장 하나를 나에게 가리켜 보인다.

"이건 파졸리니와 다른 영화들에 관한 기록이라오. 촬영 노트며 모든 것이 다 있지. 머지않아 이것들을 파졸리니 장서를 위해 다차 마라이니에게 넘겨줄 생각이오. 내겐 더이상 필요 없어요. 이것들이 자리를 얼마나 많이 차지하는지 보이죠?"

그 파일들 틈에 파졸리니가 자신의 영화에 관해 쓴 입문서도 숨어 있다. 〈맘마 로마〉의 배경 이면의 사연들이 세심하게 보존된 수천 페이지의 문서들 틈에. 아파트를 가로지르는 좁은 복도에는 비디오테이프와 함께 아름다운 책들로 빛나는 책장이 자리하고 있다. DVD가 가득한 장도 있다. 이탈리아 유명 영화인들의 작품이 모두 있다. 리지Risi, 로셀리니, 펠리니, 안토니오니Antonioni, 베르톨루치…. 내가 알지 못하는 다른 인물들도 있다. 책장과 비디오장 사이에서 나는 책을 선택했다. 내게는 영상보다 글이 더 많은 이야기를 들려준다.

디 카를로가 나를 배웅해준 현관에는 영화 포스터들이 액자에 담겨 있다. 카를로 디 카를로의 영화 〈오늘밤을 위해〉의 푸른 밤 포스터. 그 옆에는 베네치아 영화제 프로그램이 있다. '팔라초 델 시네마, 리도Palazzo del Cinema, Lido.' 카를로 디 카를로의 영화도 프로그램 속에 들어 있다. 〈마르차보토의 깨새〉. 마르차보토, 이 단어도 묘지의 이름과 마찬가지로 기억해둘 것.

"〈맘마 로마〉나 〈리코타〉를 촬영한 장소를 보고 싶으면 비아 투스콜라나via Tuscolana 끝에 있는 치네치타Cinecittà 쪽으로 가봐요. 거의 모든 장면을 아쿠에도토 펠리체Acquedotto Felice 쪽 체카푸모Cecafumo에서 촬영했으니. 큰 공터인데 많이 바뀌지 않았다오. 〈맘마 로마〉 속 인물들이 살았던 건물 카잘 베르토네Casal Bertone가 아직 그대로 있어요.”

오후 시간을 위한 몇 가지 계획이 이미 머릿속에 있지만 그래도 메모를 한다. 그렇다. 나는 그 공터를 보러 갈 것이다. 파졸리니의 삶은 공터의 연속이기도 하기 때문이다. 심지어 그 너머까지 가볼 생각이다. 파졸리니가 썼듯이, “무한한 지평선이 열리고 무절제가 시작되는, 자유로운 에로스가 시작되는 곳까지.”

“차오, 피에르.” 카를로 디 카를로가 주머니 속에 넣어둔 덕분에 여전히 따뜻한 작은 손을 나에게 내민다. ‘차오.’ 이 말이 내 안에서 계속 울린다. 이 남자를 요약해주는 한마디다. 친절과 여유가 풍기는 이 말 안에 모든 것이 들어 있다. 그는 말을 하지 않고도 내가 자신의 집에 찾아온 걸 환영한다는 사실을 이해시킨다. 어쩌면 우리가 다시 만나리라는 것도. 작별인사는 조심스러웠다. 항상 뭔가에 골몰해 있는 듯한 그의 눈이 무언가를 보았고 그것을 이야기한다.

나는 문지방을 넘어 로마 아파트의 어둡고 추운 층

계로 나선다.

그가 찬바람을 맞으며 덧붙인다. "4월 19일에 미켈란젤로 안토니오니Michelangelo Antonioni 회고전 일로 파리에 갈 겁니다. 시네마테크에서 열려요. 시간이 되면 거기로 날 보러 와요."

"적어두겠습니다. 차오, 디 카를로 씨."

"차오, 피에르."

***

비아 알레산드리아에는 키 작은 오렌지나무들이 가로수로 심어져 있다. 나뭇잎들은 겨울에도 짙은 초록을 고수한다. 나는 빌라 보르게세 정원으로 거닐러 간다. 파졸리니는 로마에 관한 그의 첫 번째 소설《거리의 아이들》에서 그곳 벤치에서 잠을 자는 변두리 아이들에 대해 이야기한다. 아이들이 잠에서 깨면 누군가 신발을 훔쳐갔고, 두 숲 사이에서 위협이 벌어진다. 정원에는 플라타너스가 무성하고, 회전목마는 돌아가

기 위해 계절을 기다린다. 아이스크림 장수의 트레일
러에도 장막이 씌워져 있다. 초록색 천이 뒤덮여 있다.
동면 중이다. 곳곳에 흉상들이 보이고, 부식토가 수많
은 조각상들을 슬그머니 뒤덮고 있다. 나는 정원 반대
편에 있는 현대 미술관을 한 바퀴 돌아본다. 미술관에
서 오래 견디지는 못해 겨우 한 시간을 보냈다. 나에
게는 전시보다 더 지루한 것이 없다. 얻은 것이 없다.
푸주한이 부엌 갈고리에 걸어둔 돼지고기처럼 포로가
되어 벽에 걸린 예술작품들 앞을 지나온 느낌뿐이다.
더이상 어디를 보아야 할지 모르겠다. 예술가들의 이
름이 뭔가 말해주는 듯도 하지만, 나는 기억에 담아두
지 못한다. 이것은 분명 지적 결함이다. 달리기나 마찬
가지다. 더 나이가 들면 좋아하게 될지도 모르겠다. 그
러나 당장은 이 미술관을 돌아보는 것은 산보나 마찬
가지다. 미래파와 입체파 그림들이 걸린 전시실에서
시간을 조금 보낸다. 속도감, 단호한 형태, 차가운 색
채…. 그 그림들은 내가 줄곧 살아온, 철근 콘크리트
와 아스팔트로 이루어진 세계를 연상시킨다. 우뚝 솟

아 있고, 외곽 순환도로와 유리벽, 시멘트 아치가 가로지르는 도시를 향한 그 갈망. 나는 산텔리아Sant'Elia가 소묘한 〈신도시Città Nuova〉, 프리츠 랑Fritz Lang의 〈메트로폴리스Metropolis〉 앞에서 홀린다. 루이지 루솔로Luigi Russolo, 자코모 발라Giacomo Balla, 프랑스인인 로제 드라 프레네Roger de La Fresnaye…. 이들의 그림은 이를테면 위대한 플랑드르 고전 화가들보다 나에게 훨씬 많은 것을 말해준다. 그 그림들이 내 번민을 환기하기 때문이다. 그 그림들은 내 현실을 비추는 거울처럼, 내 고막을 울리는 대도시의 항구적인 배경음을 이미지로 재현하고 있다. 추상, 인간성의 부재는 내 주변 곳곳에 있다. 그것이 나의 현실이다.

미술관을 떠나려는데 조각작품 하나가 나를 끌어당긴다. 나는 그 작품에 달려든다. 메다르도 로소Medardo Rosso의 〈라 루피아나La Ruffiana〉다. 그 수척한 황토색의 얼굴, 푸르스름한 머리. 나는 즉시 〈마태복음〉에서 예수 그리스도의 어머니가 된, 파졸리니의 어머니 수산나를 알아본다. 눈을 감고 울부짖는, 치아 없이 움푹 꺼진 상아빛 얼굴에서 발산되는 고통. 고통의 흔적이 각인된 얼굴이 어찌나 생생한지, 전시실에 그 얼굴과 나 단둘이 있는 것 같다. 파졸리니 탐구에 사로잡힌 나는 여기서도 그의 어머니의 과장된 얼굴을 본다. 우수에 젖은 눈, 지친 여자의 눈 그늘, 삶에 시달린 육신의 일부를 본다. 타인들을 위해 헌신하는 삶을 본다.

나는 미술관을 싫어하지만 이 미술관은 마음에 와닿는다. 아무도 없기 때문이기도 하고, 몇몇 그림에서 2015년 현재 스물세 살인 청년의 상처를 다시 만났기 때문이다. 나는 비현실적인 장소에서 내 현실을 발견했다.

이제 로마 중심부를 떠날 시간이다. 파졸리니처럼 더 멀리로 삶을 찾아갈 것. 로마 변두리의 새로운 삶을 보고 살아볼 것. 파졸리니는 변두리에서 은신처를 찾았다. 부르주아 계층 사람들이 동성애 성향을 이유로 그를 배척했기 때문이다. 다른 사람들과 같지 않은 사람은 오점 있는 사람이다. 어느 인터뷰에서 그는 이렇게 설명한다.

나는 삶의 대부분을 도시 외곽에서, 버스 터미널 너머에서 소위 신사실주의의 형편없는 작가로서 난해한 시인들을 흉내 내며 보냅니다. 나는 참으로 맹렬히, 그리고 더없이 절망적으로 삶을 사랑하니 끝이 좋을 리 없습니다. 삶의 물리적 요소들을 두고 하는 말입니다. 태양, 풀, 젊음. 이것들은 값이 안 나가고 무한한 자원이지만 코카인보다 더 지독한 악덕입니다. 그래서 나는 탐욕스레 삼키고 또 삼킵니다…. 이 모든 것이 어떻게 끝날지 모르겠군요….[93]

12

로마 북쪽 끝 비아 살라리아via Salaria, 밤 10시가 넘은 시각. 우르베Urbe 비행장 뒤쪽. 라 살라리아는 배수

---

[93] 루이 발랑탱Louis Valentin, '피에르 파올로 파졸리니와의 대담', 《그Lui》, 1970년 4월.

로 뒤로 슈퍼마켓, 중고 매장, 주유소, 사무실들이 산재해 있는, 매력 없는 대로大路다. 가드레일이 대로를 따라 아니에네 너머로 수도의 시청 II와 III을 가로질러 로마 중심부까지 이어져 있다. 135번 버스는 우르베를 지나 더 먼 변두리까지 가는 몇 안 되는 노선 중 하나다. 자동차들이 전속력으로 달려가고, 나는 세계적인 텔레비전 채널인 스카이 건물에서 그리 멀지 않은 곳 길가에 차를 세웠다. 그리고 매춘부들이 상주하는 장소에 주차했다는 사실을 뒤늦게 깨달았다. 자동차 한 대가 여자들을 토하듯 내려놓았고, 여자들은 거의 내 차에 몸을 기댄 채 주변 사람들에게 호객 행위를 하기 시작했다. 내가 차 안에 있어도 아랑곳하지 않았다. 그들은 내가 손님이 아니라는 걸 즉각 알아차린다. 행색을 보니 그런 것이다. 그들은 담배를 나눠 피우고, 나는 그들이 일하는 데 동반이라도 하듯 맥주를 몇 잔 마신다. 자동차들이 지나가지만 멈춰 서지는 않는다. 속도만 늦출 뿐이다. 구경하려고. 입맛을 다시고, 심장 박동을 높이려는 것이다. 자동차 사고가 임박

할 때 솟구치는 병적인 욕구처럼. 사람들은 쳐다보려고 브레이크를 밟는다. 그저 이미지를, 구경을 원할 뿐이다. 옛날 TV 프로그램의 제목을 빌리자면 '두 눈 가득' 담으려는 것이다. 추하지만 몸매는 좋은 젊은 여자들이 추위에 떨며 서 있는 모습을 보니 손님이 오기를 바라게 된다. 그 여자들에게 연민의 마음이 생겨 몇 마디 짧게 주고받는다. 역시나 이탈리아 여자들이 아니다. 구미 동하는 상품처럼 동유럽 국가에서 무더기로 데려온 여자들이다.

나는 순결하게 태어났다.

순수하고 대담하게 게임에 임했기에 그만큼 죄를 범했다.

게임은 지거나 이겼고, 이제 불순하고 좌절한 채 게임을 이어가며

더 고집스레 죄를 짓고 있다.

나는 아직 살고 있지 않다. 삶 속으로 모험하듯 나아가며

운명을 기다린다.[94]

파졸리니는 가난한 이들과 접촉하며 속박이 풀린 채 살아간다고 느낄 수 있는 필요를 채운다. 시인으로서―현실의 행위 외에 다른 시詩가 없기에―, 청년들과 맺는 성관계를 통해, 노동자들이 사는 건물 밑이나 마을의 흙바닥에서 하는 축구 경기를 통해 채운다. '영광의 세월'이 하층민에게 수직 감옥을 가져왔을 때, 텔레비전과 궁궐이 잊은 사람들을 돌아본다. 어린아이들은 그를 '파Pa''라고 불렀다. 이 별명은 특별히 포근한 애정의 표시다. 파졸리니는 변해가는 대중이 느끼는 동요를 접촉하며 책이나 신문에 다음과 같은 고통스러운 말을 썼는데, 그 어느 때보다 오늘날 더 사실적으로 와 닿는 말이다.

반대로 이제 네가 변두리를 거닐면 그곳 사람들은 그

---

94) 피에르 파올로 파졸리니, 〈유혹〉.

들 특유의 '말'로 이렇게 말할 것이다. "여기서 민중 정신은 사라졌어요." 농민과 노동자는 물질적으로는 여전히 이곳에 살지만 '다른 곳'에 있다. 빈민굴은 거의 완전히 사라졌다(물론 신에게 감사할 일이다). 반면 '집단 주거지', 대중 건물들이 엄청나게 확산되었다. 그 건물들과 옛 세상 혹은 농민들의 세상의 조합은 이제 말할 수가 없다. 쓰레기가 쌓여 끔찍하고 낯선 물체를 형성한다. 시냇물과 수로는 공포스러워 보인다.[95)]

파졸리니는 변두리에서 위로를 찾는다. 그곳에는 건전하지 못한 그의 사랑이, '정상' 바깥의 그림자와 유혹의 몫이 있고, 사람들이 견디지 못하는 성적 기질 때문에 배척당하는 그의 삶이 있다. "'성적으로' 다른 모든 것이 무시되고 배척당한다."[96)] 그리하여 성적으로

---

95) '언어가 사물을 어떻게 바꿔놓았나', 1975년 5월 1일,《루터교인의 편지》.
96) 피에르 파올로 파졸리니, '성교, 낙태, 권력의 거짓 관용, 진보주의자들의 순응주의', 1975년 1월 19일,《사략록》.

다른 파졸리니는 주변부의 삶에 합류한다. 그는 프리울리에서 순결한 청소년기에 또래 남자아이에게 처음으로 사랑의 감정을 느꼈다. 청소년기의 사랑이 평생의 욕구를 결정할 수도 있다. 그러나 사람들은 차이를 배척한다. 그것을 조롱하고 협박의 수단으로 삼는다. 그는 불가촉 천민처럼 공산당 세포조직에서도 배척당한다. 모두가 모든 것을 알고 지내는 작은 마을에서 그는 달갑지 않은 존재다. 그래서 파졸리니는 로마에서 동성애의 유혹을 탐험한다. 언제나 감춰져 있는 은밀한 유혹. 현실의 청년, 마을의 청년을 찾아 나선다. 그러면서 자신이 존재한다고 느낀다. 그는 대중을 피하고, 그 시절의 가족의 표본과 소비자주의의 행복을 피한 채 괴로워한다. 그 괴로움을 책에, 칼럼과 영화에 표현한다. 청년과 섹스는 그의 글에서 중요한 자리를 차지한다. '불순한 행위', 청춘의 사랑의 순수성. 농민축제 동안 프리울리의 조용한 수풀 뒤에서 경험한 첫 섹스. 바소 프리울리의 카오를레Caorle 야외 영화 상영 때 경험한 사내아이들의 웃음, 몸의 야만적 공모, 관능적인 밀통. 리타 헤이워스가 〈아마도 미오Amado mio〉를 부를 때의 몸짓에 자극받은 성적 흥분. 순수한 관능과 육체적 개화.

로마에서 연애는 위험과 폭력을 무릅쓰고 얻어진다. 파졸리니는 비행 청년들과 교제를 꾀한다. 그는 하루가 끝나갈 무렵 무기력한 상태로, 트렁크가 활처럼 휜 흰색 중고 알파로메오 줄리아를 몰고 에로스를 찾아 배회한다. 이것이 미완의 대작 《페트롤리오》의 몇몇 장면이 된다. '비아 카실리나via Casilina의 공터[97]'에 대한 55번 주석에서 무겁고 광적인 오럴섹스가 30페이지에 걸쳐 구토가 나올 때까지 이어진다.

*＊＊

사회에서 버림받은 파졸리니는 강박증을 유발하는 성해방에 맞서 일어선다. '인구통계학적 비극'인 낙태

---

97) 피에르 파올로 파졸리니, 《페트롤리오》.

합법화에도 반대한다.

> 그러나 그런 권력[소비사회]이 관심을 갖는 것은 아
> 이를 생산하는 부부(프롤레타리아)가 아니라 소비자 커
> 플(소小부르주아)이다. 다시 말해 그 권력은 낙태 합법
> 화라는 생각을 이미 '마음에' 품었다(이혼 비준이라는
> 생각도 이미 품었듯이).[98]

정치참여와 성생활이 급진적으로 변한다. 변두리는 매우 현대적인 현실을 극단으로 내몬다. 공터가 매끈한 근육질의 상체들이 어두운 방으로 들어서는 동굴 같은 클럽으로 대체되었을 뿐이다. 불그스름한 네온 불빛 아래, 마약과 즉각적인 쾌락을 제공하는 환각제에 흥분한 고삐 풀린 성적 오락으로.

배척의 감정은 도전의 욕구와 치명적 차이에 대한 의지를 함께 실어간다. "삶은 저항하는 자들을 싫어한

---

98) '성교, 낙태, 권력의 거짓 관용, 진보주의자들의 순응주의', 위의 책.

다." 시간에 대한 절박한 불안이 선택지를 내놓는다. 죽음을 주도할 것인가, 아니면 참고 기다릴 것인가. 파졸리니의 삶은 이 두 선택 사이를 영원한 오간다. 가고, 오고. 가고, 오고. 가고…. 앙토냉 아르토Antonin Artaud는 탄생이 죽음의 악취를 풍긴다고 말했다.

***

파졸리니는 나에게 영원한 자석처럼 작용한다. 자석의 인력과 척력. 가끔은 그에게 다가가는 것이 불가능하다. 나는 격차와 비정상성을 좋아한다. 노는 일은 하루가 저물고 나면 두려움을 안긴다. 나 자신을 밤에 내맡긴다, 콘크리트에 둘러싸인 대도시가 잠들도록 내버려둔다. 전기 불빛이 길게 이어지는 모습을 바라본다. 저 멀리 외곽 순환도로의 지속적이고 무딘 소음을 짐작한다. 어둠을 찢는 사이렌의 울부짖음을 듣는다. 나는 밤의 흥분을 감지하고, 몽유병자의 조건을 좋아하며, 고양이의 삶을 살고픈 욕구를 느낀다. 그러나 아스팔트 위에 남아 있다. 그는 공터를 달리고, 나는 창백한 거리를 걷는다. 거리에는 곱사등이 가로등들이 전구를 태우고 있다. 그럼에도 나는 달빛을 보려면 어둠 속에 잠겨들어야 한다는 것을 안다. 인위적인 빛은 나를 별에서 멀어지게 한다. 별안간 그의 자동차가 나를 앞질러간다. 방향전환이 너무 급격하다. 나는 사고가 날까 봐 겁이 난다.

나는 매춘부들이 가련한 일을 하는 모습을 지켜본다. 에어컨도 커피머신도 없는 그들의 야외 일터를 떠난다. 떠나려는데 한 여자가 아침에 에스프레소 한 잔 사먹게 돈을 달라고 청한다.

내 자동차에서 삼부카 피스토예제Sambuca Pistoiese까지는 겨우 백 미터 거리다. 막다른 길 끝에 이르니, 벌써부터 들썩임이 느껴진다. 사람들이 아무 곳에나 자동차를 세우고, 보닛 위에서 맥주를 들이켜고 있다. 문들이 닫히는 소리가 나고, 드디어 쿵쿵거리는 베이스 소리가 들린다. 삼부카 안쪽에서는, 스피커가 귀가 멍멍해지도록 시끄럽게 창고 벽을 두드린다. 한 달에 한

번, 로마의 언더그라운드 사람들이 그곳, 부동산 중개
업소나 영화 제작사의 텅 빈 사무실 뒤 방치된 콘크리
트 바닥에서 스피커가 토해내는 거친 테크노 음악에
맞춰 춤을 춘다. 여기서는 아무런 방해도 받지 않는다.
또다시 공터, 자유로운 에로스. 열정적인 사람들이 뭉
쳐 자기들의 돈을 들여 예술가들을 불러모으고 돌려
보낸다.

줄을 서는데 벌써부터 이가 갈린다. 머리가 리듬에
흔들리고, 다리는 전율한다. 야만적인 테크노의 밤을
경험한다는 건 고양이의 심장박동을 받아들이는 것이
다. 1분에 120번에서 140번의 박동을. 테크노 음악은
긴 심계항진이다. 내 심장이 차츰 박동을 높인다. 베이
스가 강요하는 리듬에 직관적으로 적응한다. 나는 흥
분했지만 말이 없는 군중 속으로 숨을 헐떡이며 나아
간다. 군중은 전쟁 스텝으로 춤을 춘다. 이 모든 로마
청년들이 일에 묶여 지낸 5일간의 스트레스를 배출하
러 온 것이다. 더이상 규칙은 없다. 장벽을 넘어섰다.
어둠 속에서 나누는 암페타민이 살갗을 자극한다. 그

것은 쉬운 미소를, 천사의 미소를 유발한다. 얼마 후, 그 각성제는 맴을 돌며 반복되는 '샘플'과 동맹을 맺고 사람들의 몸을 집어삼킨다. 사람들의 몸이 고독 속에 빠져든다. 나는 혼자 춤춘다. 머릿속에 천 가지 이미지들이 지나간다. 기억들이, 얼굴들이 떠오른다. 땀에 젖고 조바심 어린 눈을 다시 뜨려면, 심장의 무척 격렬한 고동이 있어야 한다. 땀을 닦듯 장막을 들어올리는 것이다. 나는 회전 스트로보스코프 불빛이 내리쬐고 난사되는 넓고 어두컴컴하고 난잡한 장소에 있다. NRJ[99] 히트곡의 행복한 가사들을 잊고, 비아 살라리아의 매춘부들보다 나을 게 없는 팝스타들이 스타라는 사실을 잊는다. 그들보다는 우리의 현실을 있는 그대로 표현한 음악이 더 좋다. 유사한 기계들이 무한한 음역대를 제공해 멜로디를 만들게 해준 음악. 소박함에 대한 욕구, 미니멀리즘에 대한 욕구, 그 속에서 우리는 스스로 존재한다고 느낀다. 나는 테크노 음악을 고통처럼

---

99) 프랑스의 음악 전문 라디오 방송국(―옮긴이).

느낀다. 그것은 클래식 음악만이 불러일으킬 수 있는 감동을 일으킨다. 적어도 테크노 음악은 내 시대의 거울이 아니기 때문이다. 나는 축제 음악을 더는 견디지 못한다. 외출은 오락이 아니다. 나는 '축제를 벌이는 일'에 구토를 일으킨다. 장터의 질 나쁜 스피커가 쏟아내는 치직거리는 쉰 목소리가 벌써부터 귓가에 들리는 것만 같다. 차라리 집에 있는 것이 좋다.

이제 밤은 사내아이들의 발자국 소리에 공명하지 않는다.
멜랑콜리는 무한한 은신처들을 가졌다,
별만큼이나 무한한…[100]

파졸리니는 음악으로 자신을 표현하기를 꿈꾸었다. 그것을 어쩌면 시나 영화보다 더 수준 높은 가장 고차원의 표현수단으로 보았다. 테크노 음악은 멜랑콜리의

---

100) 피에르 파올로 파졸리니, 《테오레마》.

은신처다. 디트로이트의 가난한 사람들이 황량한 산업 단지 한가운데에서, 냉혹한 건물들의 그늘에서 만든 음악이다. 테크노의 기원은 슬프다. 그것은 버림받은 자들의 일상의 첫 기호다. 디트로이트 흑인 아이들의 일상. 나라가 금융시장에서 폭발할 때, 이미 오래전 미 시간에서 자동차 산업이 몰락했을 때 그들은 테크노 음악에서 구원을 발견했다. 살인범죄율이 치솟은 도시 에서 울려 퍼진 격렬한 음악.

그러나 당장 알아야 한다,
그대 이전에 그 누구도 혁명을 일으키지 않았다는 걸.
흘러가고 사라진 화가와 시인들은
그대가 아무리 영웅의 후광을 들씌워도
그대에게 아무것도 가져다주지 않고, 아무것도 가르
쳐주지 않는다는 걸.
그대의 첫 경험을 누려라, 천진하고 고집스러운 경험을.
겁 많은 다이너마이트 테러범, 제동 모르는 밤의 주인.
그러나 그대 기억하라, 그대는 오직 미움 받기 위해,

전복하고 죽이기 위해 이곳에 있다는 것을.[101]

    나는 공중변소에서 로마 사람들과 이야기를 나눈다. 그들은 여기서 프랑스 사람을 만난 것을 기뻐한다. 우리는 악수를 나눈다. 그들의 손은 땀에 젖어 있다. 엑스터시 때문에 그들의 턱이 딱딱 부딪친다. 그들은 있지도 않은 껌을 미친 듯이 씹어대며 서툰 영어를 몇 마디 내뱉는다. 나른한 눈을 동그랗게 뜨고 세면대에서 물을 벌컥벌컥 마시더니, 다시 춤을 추러 간다. 엑스터시, MDMA, 암페타민, 케타민…. 이 모든 물질은 자신을 잊기에 좋다. 댄스 플로어는 이 물질들의 왕국이다. 사회적 수직체계가 더는 존재하지 않는 땅. 주변인들, 무일푼의 가난뱅이와 동성애자들이 테크노 파티에서 가장 먼저 욕구를 발산한다. 그들은 프티 부르주아 사회가 그들에게 거부한 것을, 인정을 그곳에서 찾는다. 테크노 음악, 마약, 종교…. 이것들은 우리

---

101) 같은 책.

가 더이상 이해하지 못하는 세계로부터 도망치게 해주는 은신처이다. 나는 소비사회가 HD 화면으로 확산시킨 모델들과 나를 둘러싼 모델들 사이에 벌어지는 간극을 본다. 테크노가 끌어당기는 군중만큼이나 암울한 테크노 음악은 우리의 애도를 품고 있다. 그것은 술과 코카인 남용에, 돈에 몰두했던 1990년대 선배들의 방종을 물려받은 우리 젊은이들의 표현수단이다. 나는 할 수 있는 대로 욕구를 발산한다. 주위의 어둠 속에서 자유를 찾아 나선다. 그리고 환자처럼 고독 속에 침잠한 채 추문을 찾는 우리가 얼마나 많은지 확인한다. 해쓱한 얼굴로 이해받지 못한 채. 다만 추문은 언제나 우리가 생각지 못한 곳에 있다. 합성 마약은 균형 잃은 사람들을 가려준다. 딱한 망상이다. 그 어느 때보다 오늘날 가장 불미스러운 행위는 신을 믿는 행위이기 때문이다.

***

    첫 하품, 흐려진 동공, 피로가 나를 덮쳐온다. 머리만 베이스 리듬에 맞춰 흔들리고 있다. 다리가 후들거려서 나는 다시 볼 일 없는 낯선 이들에게 내 전화번호를 건넨 뒤 창고를 떠난다. 이유는 알 수 없지만, 밤의 일시적 만남은 대개 실패하기 마련이다. 희미한 흔적 같은 우정. 귀에서 윙윙거리는 소리를 들으며 나는 멀어져간다. 우리는 매일 서로의 얼굴을 향해 날리는 전파 덕에 멋진 귀머거리 세대가 될 것이다. 마침내 그 징후 중 하나가 느껴진다. 바깥의 정적은 무서울 정도다. 밤새들도 둥지로 돌아갔다. 나는 차로 돌아간다. 세 명의 매춘부 가운데 두 명이 아직 남아 있다. 마지막 여자는 자기 돈을 들여 돌아가야 할 것이다. 나는 피로에 몸을 떨며 여자들에게 살짝 인사를 건넨다. 열띤 밤을 보내고 느끼는 마지막 기분이 나를 파졸리니의 다음의 외침 속으로 던진다.

그 어느 때보다 경멸을 말해야 한다.

부르주아지를 향해, 그들의 천박함을 향해 울부짖고,

그들이 유일한 현실로 선택한 비현실에 침을 뱉어야

한다.

행동도 말 한마디도 양보하지 말아야 한다,

그들을 향한, 그들의 경찰을 향한,

그들의 법관들, 그들의 텔레비전, 그들의 신문을 향한

전적인 혐오를 품고.

그리고 여기,

모든 걸 극적으로 부풀리는 소시민인 나는

온화하고 수줍은 마음으로,

농민의 도덕심으로 어머니가 길렀지만

불결함, 가난, 마약, 자살을 치하하고 싶다.

[…]

내면 깊이 선량한 인간인 나는

그것들을 치하한다. 마약, 혐오, 분노,

자살이

대개 종교와 마찬가지로 남은 자의 유일한 희망이기

때문이다.

세상의 거대한 과오를 측정하게 해주는

순수한 이의異議요 행동이기 때문이다.[102]

어둠, 서리 낀 차창 너머로 보이는 매춘부들의 모습, 내가 아침 6시까지 머물고 있는 이 밤이 당혹스럽게도 위에 인용한 파졸리니의 시구를 떠올리게 만든다. 나는 자동차 앞좌석을 젖히고, 시비에 휘말리지 않고 로마 중심부로 가기 위해 반드시 필요한 잠을 청한다.

**

2시간 뒤, 잠에서 깨어난다. 날은 차체와 차창을 적시며 예고 없이 밝았다. 모든 것이 끈적인다. 자동차 안에는 곰팡내가, 화학적 방향제 냄새가, 탈취제의 솔 향이 난다. 목구멍이 말랐다. 와이퍼를 한번 작동해본

---

102) 《나는 누구인가》.

다. 매춘부들은 이제 없다. 빛과 더불어 증발했다. 나는 수줍게 고동치는 로마 속으로 뛰어드는 기관차처럼 비아 살라리아로 접어든다. 일요일 오전, 테르미니 부근의 도로는 황량하다. 이민자들만이 보인다. 머무르던 중앙역 근처의 숙소에서 나온 것이다. 그들은 고분고분 일상을 다시 시작할 준비를 한다. 콜로세움 모양 열쇠고리나 셀카봉으로 관광객들을 귀찮게 하는 일 말이다. 그들은 잔뜩 긴장한 얼굴을 하고, 경찰차가 보이면 사방으로 흩어진다. 그러다가 잠시 후 꿀벌들이 벌통으로 돌아오듯 다시 돌아온다. 가장 운 좋은 사람들은 청소부나 일본인 관광버스 개찰원이 되어 체류증을 얻었다. 그들은 가장 일찍 일어나는 사람들이다. 그들의 삶은 보잘것없다. 그들은 일이 끝나자마자 테르미니 주변의 쥐구멍 속으로 사라진다. 뿌리 뽑히고, 음성적인 삶. 트라야누스 기둥 밑에, 에펠탑 아래에, 혹은 피카딜리 서커스 네거리에 똑같은 삶이 존재한다. 슬프고 값싼 노동. 그 노동이 온 세상을 돕는다. 어리석지만 쓸모 있는 최후의 프롤레타리아. 이민자들

수천 명이 이탈리아 해안으로 좌초한다. 나머지는 지중해 밑바닥에 무덤을 판다. 지중해는 파리주식시장지수(CAC 40)의 대주주들만큼이나 불법 이민 브로커들에게 이용당하는 야심찬 가난뱅이들의 무덤이 되었다. 살아서 이탈리아에 도착한 이들은 왔던 곳으로 돌려보내지거나 프랑스나 영국으로 몰래 날아간다. EU의 자식이라면 한결 낫다. 그들은 동쪽에서 조금 더 수월하게 헤쳐나간다. 그러나 결과는 마찬가지다. 극빈층의 탄생이다. 파졸리니는 이미 1973년에 이렇게 썼다.

> 오늘날, 이민은 가난한 민중을 옛 보호구역에 충적토처럼 붙잡아두던 둑을 무너뜨렸다. 가난한 청년들이 강물처럼 둑을 넘어 다른 세계를 채운다. 프롤레타리아나 부르주아의 세계를. 새로운 유형의 '부적응자'가 탄생했는데, 준거로 삼을 모델이 없다는 점이 이 유형의 부적응자에게 일종의 인정된 균형을 안겨줄 것이다.[103]

파졸리니는 새로운 프롤레타리아를 간파했다. 바로 그들이었다. 파졸리니는 그들이 권력으로부터 당할 착취의 심각성을 알았다. 40년이 흐른 지금, 대도시들에는 전부 게토가 있다. 사람들이 가족 단위로 같은 바다에 빠져 죽는다. 죽음의 지중해, 그 해안 한쪽 카지노에서는 사람들이 도박을 하고, 다른 쪽에서는 사람들이 다에시Daesh[104]의 광기로부터 도망쳐 나온다. 아주 예쁜 캐리커처지만, 실상은 훨씬 복잡하다. 물론 그렇다. 그러나 '제3세계'의 가난한 나라에서는 여전히 서양을 꿈꾼다. 그들의 손자들이 만들려고 구상하는 축제의 나라.

그들이 일어선다. 그리고 소시민인 나는 잠을 자러 떠난다.

---

103) '루이지 칸크리니Luigi Cancrini가 제시한, 이탈리아 청년들의 마약중독에 관한 연구실험', 템포, 1973년 11월 11일, 《사략록》.
104) 주로 아랍권 미디어에서 IS를 일컫는 명칭(—옮긴이).

13

흰 콘크리트 덩어리가 하얀 건물과 흰 길들로 이루어진 동네를 내려다보고 있다. 해안가와 오스티아 리도에서 흙으로 스며드는 짠 돌풍에 씻긴 반투명의 돌멩이 하나. 팔라초 델라 치빌타 이탈리아나Palazzo della Civiltà Italiana. 오스티아로 가는 끝없는 비아 크리스토포로 콜롬보via Cristoforo Colombo를 달릴 때면, 소나무와 전쟁 이후 세워진 아파트들 너머로 그 건물이 보인다. 오스티엔세Ostiense 뒤쪽, 로마 남서쪽을 보란 듯이 짓누르는 '파시스트적인' 건물이다. 이 팔라초는 에우르EUR를 그대로 본뜬 것이다. 무솔리니의 마지막 선전물 중 하나다. 이것을 보면 20세기의 어떤 전제군주에게도 통할 그 과장된 이름과 더불어 체제의 무절제를 짐작할 수 있다. 팔라초 델라 치빌타 이탈리아나는 팔라초 델라 치빌타 델 라보로Palazzo della Civiltà del Lavóro라고도 불린다. 팔라초의 그늘에서 사람들이 하는 것이 바로 그것, 뼈 빠지게 일하는 것이다.[105] 은행, 중개 사무소, 보험회사, 40대 넥타이 부대들의 동네. '로마 만국박람회Esposizione Universale di Roma'를 뜻하는 에우르EUR는 파시스트 체제의 백화점이요, 시인·예술가·사상가·천문학자로 이루어진 자신의 문명을 알릴 멋진 진열창이었을 것이다. 팔라초 델라 치빌타의 박공마다 로마자 알파벳으로 단단히 새겨놓았듯이 슈퍼 히어로의 문화다. 에우르는 로마를 바다 쪽으로 연장한 것이다. 1942년 만국박람회를 위해 마련한 땅이다. 그런데 박람회는 끝내 열리지 못했다. 그 시절 사람들은 전쟁을 선호했다. 체제의 건축가들이 세운 그 기념물들은 환호성을 피해 남아 있었다. 개막식도 없었고, 커다란 붉은 리본을 자르는 커팅식도, 형형색색의 퍼레이드도 없었다. 지나치게 야심찬 구역 에우르. 결국 미슐랭 가이드북에는 가련한 별 한 개짜리로 기록되었다… 별 한 개. 평균 정도로 흥미로운, 조금은 조잡하고 중심부에서 너무 먼 곳. 꼭 가볼 필요는 없는 곳.

---

105) 라보로lavóro는 이탈리아어로 '일, 노동'이라는 뜻이다(—옮긴이).

그래서 사람들은 그곳을 일터로 만들었다. 1970년 대의 저속한 취향을 풍기는 머스크 유리를 장착한 혐오스러운 건물들이 팔라초 델라 치빌타 주위에 생겨났다. 무사마귀처럼 미관을 해치는 건물들. 게다가 모든 것이 보기 흉할 정도로 낡았다. 밀리미터 단위까지 표시된 종이에 기하학 숙제처럼 그려진 간선도로들은 정체성 없는 신도시나 서둘러 수집한 역사적 인물의 이름을 달고 있다. 그것은 에우르에서 길 잃은 관광객에게 길을 가리켜주는 캐리커처가 될 것이다. "노동문화(치빌타 델 라보로) 대로大路에서 사회적 섭리 가로街路를 만나면 왼쪽으로 꺾으세요. 오른쪽에 비제 로路— 놓치기 힘들 겁니다—가 나오면 거기를 따라 쇼팽 로로 가세요. 오른쪽에 보이는 베토벤 로를 지나 도시화 가로를 따라 쭉 직진하세요. 파스퇴르 로에 다다르면 왼편의 천문학 가로로 가세요. 길 끝에 성 바울 대성당이 보일 겁니다."《우니베르살리스 백과사전》에서 검색어를 입력해 얻은 결과다. 과학자, 작곡가, 세 명의 작가…. 파리 변두리의 베드타운들도 나을 것이 없다.

그래도 나는 에우르 속으로 들어선다. 땡그랑거리는 종은 늙은 로마에 남겨두었다. 이곳에는 소음이 없고, 귀를 먹먹하게 하는 정적만 있다. 에우르 중심부에는 하나같이 똑같은 주거용 건물들의 콘크리트 아케이드 아래로 미끄러져 지나가는 바람만 정적을 때린다. 나는 파리의 샤이요나 팔레 드 도쿄를 거닐 때 느꼈던 감정을 느낀다. 의심의 여지없이 샤이요는 작은 에우르라고 말할 수 있겠다. 이곳은 구름을 모방한 하얀 정사각형들이 굽어보고 있어서 내 감정이 열 배로 커졌다. 에우르는 사람을 위축시킨다. 나는 이곳에서 뜨거웠던 1930년대에 세워졌으나 세월이 흐르면서 얼음장처럼 차가워진 동일한 기념물들을 다시 만난다. 그 건물들은 풍족한 사회에, 스크린마다 바겐세일로 내걸린 문화에 길든 우리 청년들의 의식을 강타한다. 장식예술, 전체주의적 건축은 우리로 하여금 자유롭게 상상의 나래를 펼치게 한다. 독재자들에게는 망쳐버린 목표다. 그들의 고층건물들은 그들을 건설자로 만들어주지 않는다. 그 건물들은 후대를 떠올리게 하지 않는다.

그렇다. 저 벌거벗은 엄숙한 담들은 우리를 말없는 명상으로 이끈다. 그것들이 입을 다물고 있으므로, 우리가 용기 내어 말해야 한다. 저 음산한 골조들을 내 것으로 만들 것. 시멘트, 하늘을 찌르는 철근 콘크리트는 2015년의 로마와 파리에 생생히 살아 있다. 널찍하고 위생적이며, 기념비 같고, 여름에는 우리의 눈을 부시게 하는 건축. 흐린 날 아침에는 그것들이 마치 혐오스러운 암 덩어리 같다. 나는 그 녹청 낀 타일들을 아스피린 삼키듯 집어삼킨다.

게다가 성 베드로 성당의 육중한 문은 팔레 드 도쿄의 문을 닮았다. 칸막이가 여럿이고, 두터운 유리창은 정맥처럼 푸르스름하다. 유리창에는 성에가 끼어 있다. 파리의 돌은 광내는 약이라도 칠한 듯 훨씬 어두운 색이다. 에우르의 돌은 성당과 팔라초 델라 치빌타에 하얗게 남아 있다. 로마의 외곽 순환도로로 밀려나고 사무실 공간으로 바뀐 에우르는 아름다움과 소박함으로 뒤덮여 모든 것을 보여주지는 않는다. 샤이요도 유사한 해악의 희생양이다. 사람들은 오직 에펠탑을 더 잘 보기 위해 그곳을 찾는다. 사실은 센 강을 등져야 한다. 그래야 궁의 내부 공간이 보인다. 건물 날개 정면에는 "친구여, 욕망 없이는 들어가지 마라"라는 폴 발레리의 시구가 새겨져 있고, 드넓은 양탄자가 트로카데로와 정원을 이어주며, 금갈색 조각상들은 육중한 바닥을 향해 고개를 숙이고 있다. 여기에는 베르나르도 베르톨루치가 〈순응주의자〉에 멋들어지게 영상으로 담은 차가운 미학이 있다.

**

나는 파졸리니가 말년을 보낸 이 구역을 이해한다. 파졸리니는 1963년에 성 베드로 성당 뒤 비아 에우프라테via Eufrate 9번지, 로마의 소란에서 떨어진 곳에 있는 정원으로 둘러싸인 호화로운 건물의 아파트 한 채를 구입했다. 그는 왜 파시즘의 상징인 이 구역에 정착했을까? 나는 그 점이 놀라웠다. 그의 사촌 니코 날디니는 트레비소에서 나에게 이렇게 대답했다. "에우르는 조용한 동네이고, 파졸리니는 어머니가 그곳에 살수 있게 해주려고 배려했지요. 수산나가 텃밭을 가꿀 수 있는 정원이 딸린 아파트를 찾은 겁니다."

사실 이곳에는 이방인들뿐이고, 인터넷을 찾아보면 이곳을 무솔리니와 결부시키는 내용들뿐이다. 그러나 이곳 사람들은 그런 것을 아랑곳하지 않는다. 살 수 있는 곳에서 사는 것뿐이다. 〈묵을 곳을 찾아서〉[106]라는 시에서 파졸리니는 변덕스러운 기분으로 이렇게 화를 낸다.

에우르라는 이 지역은 언제나 나에게 유쾌해 보였다,
실은 혐오스러움뿐인데.
내게는 꽤나 대중적이고 이상적으로 보여
남몰래 거닐 수 있을 것 같았고, 또 꽤나
넓어서 미래의 도시처럼 보였다.
술을 마실 수 있는 담배 가게가 있고, 식료품과 빵을
파는 가게도 있고….

---

106) 피에르 파올로 파졸리니, 《장미 모양의 시》.

[…]

그리고 시멘트로 지은 파시스트 요새도 있다.

남자용 공중변소도 있고, 외양이 유사하고 안락한

수천 개의 작은 건물들도 있다.

대리석 박공에 여러 물질로 지은,

저들의 딱딱한 상징에 상응하는 견고함.

　지하철 B노선은 파졸리니의 로마에서의 여정을 그
린다. 그의 첫 번째 집은 북동쪽 터미널인 레비비아에
있다. 에우르로 이어지는 정류장들이 남서쪽 노선의
끝이다. 비아 에우프라테에 정착하자마자 파졸리니는
벌써 에우르에 싫증이 난다. 삶을 그토록 절망적으로
사랑하는 사람에게 어쩌면 그곳은 지나치게 주변인지
모른다. 그러나 그는 어머니를 위해 그곳을 로마의 임
시 거처로 삼는다. 파졸리니가 사랑한 여자, 세련된 수
산나. 그에게 어머니 말고 다른 여자를 위한 자리는 있
을 수 없었다. 그의 육신의 육신, 원천. 파졸리니의 격
앙된 감수성은 수산나와의 접촉에서 생겨났다. 그는

네 살부터 불안 발작을 일으켰고 어머니의 침대를 공유했다. 수산나가 귀달베르토Guidalberto와 카를로의 유령을 잃은 뒤로 파졸리니는 그녀의 첫 남자이자 마지막 남자가 된다. 1958년 크리스마스 전날 침대 속에서 술 마신 것을 속죄하는 극 속의 마리. 좌표 잃고 파시즘의 엄격함에서 문득 위로를 발견한 열정적인 남자 파졸리니는 영적 상속을 해주지 못한 아버지를 원망한다. 그는 계부의 훈계를 잔뜩 들었고, 어머니 집으로 피신했다. 그는 어머니를 소크라테스에 비유한다. "어머니는 영웅심을, 자비를, 연민을, 관대함을 정말로 믿는다. 그리고 나는 그 모든 것을 거의 병적으로 흡수했다."107)

비아 에우프라테 9번지는 그들의 최종 은신처였다. 오늘날 그 길에는 부르주아 아파트와 빌라들이 늘어서 있고, 신흥부자 또는 자유분방한 여자들이 자동차를 세워놓은 문 앞을 카메라가 비추고 있다. 스마트,

---

107) 엔초 시칠리아노, 《파졸리니, 어떤 삶》.

사륜구동, 크로스오버…. 나는 테베레 강 뒤에서 말리아나Magliana 묘혈을 굽어보는 그 빌라들 틈에서 아마도 파졸리니가 지루해 했으리라 짐작한다. 말리아나는 썩어가는 서민 구역으로, 해수면보다 낮은 땅에 건설되었다. 질식할 것 같은 악취가 풍기고, 쓰레기 하치장인 양 무허가 건물들이 넘쳐나는 곳이다. 고물 자동차들의 금속 골격이 무기력한 태양 아래 이글거리는 곳이다. 파졸리니는 에우르보다는 그곳에서 더 활력을 찾았을 것이다. 그곳 고지대에는 말리아나의 아이들이 꿈꾸는 자동차들이 주차된다.

에우르에서 사는 동안 파졸리니의 삶은 인정받은 사람의 삶으로, 만남과 촬영, 여행으로 채워졌다. 이스라엘은 실망스러웠고, 인도는 관능적이었다. 그는 어머니와 사촌 여동생 그라치엘라가 관리하는 자신의 어두운 아파트에서 악착스레 일한다. '사략의 세월', 투쟁의 세월, 공격적인 글쓰기의 세월 속으로 들어선다. 그는 노여워하지 않는다. 파졸리니는 '분개한' 지식인이 아니다. 거스르는 사람의 태도를 보이지 않는다. 저녁이면 그는 자동차를 타고 "사랑을 찾아 수고양이처럼 배회한다…."[108] 위험의 시간이 닥쳐온다. 그가 글로 쓰는 위험, 몸으로 무릅쓰는 위험. 그는 무너지지는 않지만 체념한다. 그는 글로 발톱을 더 세운다. 연인 니네토 다볼리Ninetto Davoli의 결혼을 비극으로 받아들인다. "사랑하는 사람의 행복을 빌어주는 것 외에 대안이 없는 사람에게 주어진 현실"을 받아들이고 산다.

그는 노화를 겁낸다. 아니, 그보다는 꺼져가는 젊음을 보며 환멸을 느낀다. 파졸리니는 남자아이들이 저녁식사 후 후광을 받으며 분수 가에서 노는 것을 보고 이렇게 쓴다.

> 젊음에 대한 기대… 아, 그러나 젊음은 내 것이었는데!
> 나의 유일한 형태! 나의 권리! 나의 유산이었는데!
> 어떻게 이제는 다른 이가 젊음을 가졌을까,
> 저토록 자신만만하게.

---

108) 《장미 모양의 시》.

그를 바라보는 내가 산 채로 살갗이 벗겨진 사람처럼

고통 받을 수 있다는 걸

상상조차 하지 못한 채.

더구나 그는 나를 보지 못한다,

내가 예순의 노인이라도 되는 양, 더는

존재할 이유가 없는 사람인 양, 그림자인 양, 죽은 사

람인 양.

나를 위해 만들어졌던 밤 시간은 그의 것이 되었

다…[109]

세월이 흐르면서 파졸리니의 얼굴은 더 움푹 꺼진

다. 날렵했던 그 남자는 늙으면서 야위어가고 뼈만 앙

상한 윤곽을 갖게 된다. 흔히들 말하는 꺾어지는 나이

50대, 모든 사람에게 결정적인 때다. 큰 변화의 시기

이다. 저항하는 사람에게는 육체적 포기가 더욱 고통

스럽다. 시들어가는 피부는 숙성되는 생각을 따라가지

109) 피에르 파올로 파졸리니, 〈흩어진 시〉.

못한다. 서른 살에 우리는 청년의 환상을 포기한다. 스포츠의 위업과 무절제를 20대 청춘들에게 남겨준다. 50대가 되면 삶을 포기하고픈 지독한 갈증을 느끼게 된다. 그 갈증을 해소하려고 애쓰는 이들도 있다. 그들은 여행으로, 이혼으로, 혹은 일요일 아침의 신종 예배 같은 강박적인 조깅으로 나이가 가져오는 공허를 채운다. 내가 아직 달리고 있다는 확신이 필요한 것이다. 더 나쁜 경우에는, 불멸을 파는 사제들과 보톡스로 피부가 탱탱한 사도들의 유혹에 휩쓸린다.

파졸리니는 적응한다. '유행'에 맞게 옷을 입고, 외모를 가꾼다. 밤에 청년들과 함께 쏘다니며 스스로를 안심시킨다. 그러나 나이는 그에게 몇 가지 양보를 처방한다. 에우르 지역에서 산 것도 그중 하나다.

1975년 11월 1일 오후, 지금은 어느 유치원에 인접해 있는 그 아파트에서 파졸리니는 기자 푸리오 콜롬보Furio Colombo를 맞이한다. 그것이 그의 마지막 대담이다. 당시 일간지 〈라 스탐파La Stampa〉는 부록으로 문화 주간지 〈투톨리브리Tuttolibri〉를 막 창간한 참이었다. 1975년 11월 8일 2호에 파졸리니의 마지막 인터뷰가 실린다.

> 거부는 언제나 중요한 몸짓이었습니다. 성자들, 은자들, 지식인들도 마찬가지지요. 역사를 만든 소수의 사람은 '아니다'라고 말한 사람들이지, 결코 아첨꾼들과 추기경의 하인들이 아니에요.[110]

시인은 이탈리아의 상황에 대한 자신의 걱정을 털어놓는다. 벌써 몇 달째 그는 신문에 사회적·정치적 칼럼을 쓰는 일에 몰두하고 있다. 제목들은 뜨겁다. '파졸리니, 낙태에 응수하다', '기독민주당의 수뇌부를 심판해야 할 것이다', '파졸리니를 폐기하라', '학교와 텔레비전에 관한 나의 제안'…. 파졸리니는 공개적으로 정치인들을 공격한다. 급진주의자 마르코 파

---

110) 푸리오 콜롬보와 지안 카를로 페레티Gian Carlo Ferretti, 《파졸리니의 마지막 인터뷰》.

넬라Marco Pannella의 단식투쟁에 반발하고, 지식인으로서 공화주의자 아돌포 바탈리아Adolfo Battaglia의 공격에 응수하고, 줄리오 안드레오티Giulio Andreotti를 들이받는다. 친구들(산드로 펜나와 니코 날디니)을 지지하고, 타인들(알베르토 모라비아) 앞에서 자기 참여의 정당성을 이야기한다. 파졸리니는 그 어느 때보다 열심히 공개 토론에 뛰어든다. 작가로서 가장 위대한 문학적 공격인 《페트롤리오》를 준비하면서 '마니 풀리테Mani pulite'[111] 운동을 앞당겨 일으킨다.

***

인터뷰를 읽어 보면, 푸리오 콜롬보와의 토론이 파졸리니에겐 지루하고 견디기 어려웠던 것으로 보인다. 그 토론은 한가한 오후, 비아 에우프라테에 자리한 조

---

111) '깨끗한 손'이라는 뜻으로, 1990년대에 이탈리아에서 시작된 부정부패 척결 작업을 뜻한다.

용한 살롱에서 이루어졌다. 콜롬보의 질문은 길었고, 지나치게 기교를 부린 듯했다. 두 사람은 은유를 끼워 넣으며 이야기한다. 나는 파졸리니의 권태를, 오후 나절에 사로잡힐 수 있는 나른한 상태를 상상한다. 걱정, 한숨, 자기 생각을 체계적으로 표현하지 못하는 고충. 그런데도 파졸리니는 민첩한 정신을 지킨다. 내면의 삶을, 자신의 싸움을 드러낸다.

> […] 같은 못을 계속 치면 집이 무너질 수 있다는 걸 나는 안다.[112]

그는 다음 영화인 〈살로, 소돔의 120일〉을 언급한다. 이 영화는 1975년 11월 22일 파리의 샤이요 극장에서 상영하기로 되어 있었다. 파졸리니는 오늘날에도 여전히 혐오감을 불러일으키는 이 영화의 미스터리를 밝혀줄 몇 가지 단서를 내놓는다. 날것의 이미지들, 인

---

112) 위의 책.

간성을 상실한 현실 속의 인류. 그는 이 영화의 의미를, 그 메시지를 설명한다. 소비의 힘을 살로의 가르다 호숫가에 고립되어 난파 위기에 처한 전제군주적 파시스트 체제에 비교한다. 나는 그 어느 때보다 급진적인 파졸리니를 발견한다. 그러나 사실 그는 지칠 대로 지쳐 한계에 다다른 사람일 뿐이다. 1975년 10월, 그는 의회 밖의 정치인처럼 서슴지 않고 개혁 계획을 내놓았다. 정당들과는 거리가 먼 일상의 정치인으로서. 그는 보통학교 의무교육과 텔레비전의 폐지를 촉구한다. 청춘은 권력에 감염되었다. 그가 발가벗은 모습으로 제시하는 청춘은 살로에서 네 발로 걷고, 채찍질을 당하고, 식기에 담긴 자기 변을 먹는다.

이 인터뷰는 그의 마지막 저작인《페트롤리오》와 마찬가지로 미완으로 남는다. 파졸리니는 콜롬보에게 질문들을 남겨두고 가라고 청한다. 나중에 서면으로 답하겠다고. 벌써 해가 기울기 시작했다. 개들은 늑대로 변했고, 아파트는 어두워졌다. 파졸리니에게는 이탈리아의 상태에 관한 은유 하나가 남았다.

도시에 비가 내리면 마치 하수구가 막힌 것 같지요. 물이 차오릅니다. 빗물은 무고해요. 빗물에는 바다의 격노도 강물의 악의도 없습니다. 그럼에도 어떤 이유로 빗물은 내려가지 않고 올라옵니다. 많은 유치한 시들과 "비 맞으며 노래해요"라는 가사가 노래한 바로 그 빗물. 그런데 그 물이 차올라 우리를 익사시키죠. 이런 지점에 이르렀으니, 여기에는 이런 푯말, 저기에는 또 다른 푯말을 붙이느라 시간 낭비를 하지 말아야죠. 차라리 그 빌어먹을 하수구를 뚫을 방법을 찾아야 합니다. 우리 모두가 빠져 죽기 전에.[113]

그는 베르수타에서 비아 에우프라테로 흐르는 물을 은유로 활용한다. 결국 죽음을 후려치는 물이다. 이 마지막 인터뷰는 시인과 그의 삶을 예시해 보인다. 무엇보다 하나의 몸짓으로. 콜롬보는 파졸리니에게 이 인터뷰에 제목을 붙이겠냐고 묻는다. 그는 아니라고 대

---

113) 같은 책.

답한다. 기자에게 제목을 고르라고 한다. 그러나 토론 도중 결정을 번복한다. 지속적인 지적 과정에서 역설을 즐기는 그다운 또 한 번의 변화다. 파졸리니는 주도권을 쥐고 제목을 하나 제시한다. 그의 의도와 이탈리아의 의도를 아는 사람에게는 불안하고 숭고한 제목이다. 그는 푸리오 콜롬보에게 이렇게 대답한다.

> 괜찮다면 이 제목으로 하세요. '우리 모두 위험에 처해 있으므로.'[114]

로마에 밤이 내린다. 11월의 끝날 줄 모르는 어둠이다. 에우르 지역 대형 건물들의 희끄무레한 시멘트가 가로등 구실을 한다. 11월 1일 토요일, 전례달력은 모든 성자들을 기린 뒤 죽은 자들에게 경의를 표할 준비를 하고 있다. 사람들은 꽃을 들고 무덤을 찾을 것이다. 파졸리니에게는 알파 GT에 올라타 로마로, 산 로

---

114) 같은 책.

렌초로, 테르미니로 달려갈 시간이다. 그런 다음 그는 바다를 향해 달릴 것이다. 위험 가득한 삶의 마지막 위험을 무릅쓸 것이다.

에필로그

비가 차창을 때린다. 유리창을 후려치는 매서운 채
찍질이다. 와이퍼가 있는 힘껏 발버둥을 친다. 나는 무
릎 위에 지도를 얹은 채, 길을 좀 더 잘 보려고 머리를
앞으로 내밀고 비가 퍼붓는 이탈리아 시골에서 갈 길
을 찾는다. 노면 홀에 고인 물이 아스팔트 냄새를 되살
려낸다. 아스팔트 도로의 타르가 비테르베Viterbe 주변
의 도로 위로 악취를 토해낸다. 나는 로마에서 북쪽으
로 한 시간 반 거리에 와 있다. 여행의 끝이자 목적지
이면서 파졸리니와 내 관계의 연장인 키아Chia를 찾고

251

있다. 나는 키아 망루를 보고 싶다. 파졸리니는 〈마태복음〉을 촬영하면서 그 망루를 발견했다. 멀리서 보면 계곡과 축축한 동굴, 투박하고 가파른 언덕이 만들어 낸 풍경 속에 우뚝 선 중세의 망루다. 그곳의 구불구불한 모든 길은 절벽으로부터 우리를 지켜준다. 길은 마치 이렇게 말하는 것 같다. "아니, 그리로 말고 이리로 와. 넘어지지 말고. 이리로, 살짝 돌아. 조심해."

파졸리니는 세례 요한이 그리스도에게 세례를 주는 장면을 촬영하면서 키아 망루를 처음 본 것 같다. 망루를 보자마자 그는 그걸 사고 싶은 욕구를 느꼈다. 그러면 로마 근처에 시골집을, 작가의 거처를 갖게 될 터였다. 그는 그 땅뙈기와 폐허를 손에 넣기 위해 많은 시간을 들였다. 그러나 죽기 얼마 전에야 키아를 자신의 은신처로 만들었다. 겨우 몇 년밖에 살지 못했다. 참으로 짧은 시간이었다. 나는 그의 사촌 여동생 그라치엘라에게 내가 이탈리아에 가면 그 망루를 방문할 수 있는지 물었다. 그녀가 키아의 열쇠를 갖고 있었기 때문이다. 하지만 그녀는 메일로 이렇게 답했다. "나도 키아를 구경시켜드리고 싶지만—내부가 예전 같지는 않아요—, 그때쯤 망루는 개보수 공사 중일 겁니다. 봄에 다시 오면 안내해드릴게요."

차창에 맞고 튀어오르는 물, 비테르보와 그 주변 지역 위로 으르렁거리며 끊임없이 쏟아지는 폭우을 보니 더 잘 이해가 된다. 모든 것이 물을 머금는다. 땅이 편두통을 앓고, 몸져누운 채 땀을 흘리며 몇 동이의 물을 토해낸다. 그라치엘라의 메일을 받고도 나는 키아를 보러 가기로 마음먹었다. 파졸리니의 은신처를 가보지 않을 수가 없었다. 그곳은 내가 가장 기대하던 곳 중 하나였다. 키아를 보러 가야 했다. 1966년 파졸리니가 정신분열증 같은 대담에서 이렇게 말한 그 신비스러운 장소를 보지 않고 지나치는 건 있을 수 없는 일이었다.

너를 떠나기 전에 너에게 털어놓을게,

난 작곡가가 되고 싶고,

악기들과 함께 살고 싶어.

내가 살 수 없는 비테르보의 망루 속에서,

세상에서 가장 아름다운 풍경 속에서.

아리스토텔레스도 미칠 듯이 좋아했을 거야,

참나무, 언덕, 물과 계곡이 어우러져 그의 모습을 재

창조해놓은 걸 봤다면.

그곳에서 음악을 짓는 건

아마도 현실의 행위로는 규정할 수 없는 고귀하고

유일한 표현 행위가 될 거야.[115]

1970년, 마침내 파졸리니는 키아 망루를 구입한다. 시냇물 소리만이 정적을 깨뜨리는 그 평화의 안식처에서 그는 《페트롤리오》라는 일생의 작품을 쓰기 시작한다. 《페트롤리오》는 미완의 작품인 데다 주석이 잔뜩 달려 있어서 읽기 어렵다. 길을 잃고 헤매게 하는 꼬불꼬불한 미로 같은 글이다. 나는 그 작품 전체를 이해하지는 못했다. 심지어 실망했다. 그러나 파졸리니가 죽

---

115) 《나는 누구인가》.

고 한참 뒤에 발견된, 거의 읽을 수 없는 그 100여 페이지의 글을 나는 다시 읽어볼 작정이다. 이해하지 못한 것을 새로이 이해하려 애쓸 것이다.

마침내 키아 마을에 도착했다. 비테르보와 오르테 Orte를 잇는 지방도로와 수직으로 교차하는 작은 도로 끝이다. 테베레 강 상류에 둥지를 튼 마을이다. 나지막이 걸린 구름이 꼭 내 자동차 곁에서 함께 달리는 것만 같다. 칙칙한 바위로 된 집들이 나타나기 전 영원한 배경인 올리브 밭이 언덕 쪽으로 펼쳐진다. 몇 마리씩 무리지은 양떼가 키 작은 나무 아래로 피신한다. 폭포처럼 쏟아지는 비 때문에 키아는 마치 버려진 마을 같다. 나는 현기증 나는 비탈을 내려가 가리발디 광장 Piazza Garibaldi에 다다른다. 맞은편에는 성당 담장이 보인다. 산타 마리아 델레 그라치에Santa Maria delle Grazie 성당. 파졸리니는 성당에서 멀어진 적이 없다. 물론 우연일 것이다. 나는 내 피아트를 세운다. 비가 한층 더 거세게 쏟아진다. 나는 기다린다. 와이퍼가 유리창을 훑으며 뻑뻑거린다. 비에 연신 두들겨맞는 허수아비

꼴이다. 내 휴대폰은 신호를 잡지 못한다. 정적. 오직 하늘만 입을 벌리고 있고, 땅은 줄곧 토해낸다. 외투를 걸치고 밖으로 나서면서 나는 반사적으로 어깨를 움츠린다. 그러면 비를 피할 수 있기라도 한 것처럼. 나는 파졸리니의 은신처로 가려고 달린다. 김 서린 유리창 너머 바위에 성모상 하나가 박혀 있다. 성모상의 발밑에는 시든 꽃다발이 시신처럼 누워 있다. 나는 비가 잦아들길 기다린다. 드디어 잦아들었다. 희망은 언제나 품어볼 만하다. 그래서 나는 키아 골목길 산책을 감행한다. 반은 도로이고 반은 오솔길인 골목길이 시냇물이 되어 과로하고 있는 하수구 막이를 향해 달려간다. 마치 알프스 산 중턱의 마을에 와 있는 것 같다. 가짜 고도이다. 사실 키아는 그리 높은 곳에 자리한 마을이 아니다. 해발 몇백 미터 정도다. 곶 하나가 눈에 들어온다. 눈앞에 계곡이 펼쳐진다. 망루는 보이지 않는다. 아무것도 없다. 다시 가리발디 광장으로 돌아간다. 2011년에 건립되었다고 기록된 파졸리니의 청동 상반신이 거기에 있다. 추해서 그의 얼굴을 알아보기 어렵다. 관광객용이랄까. 상반신을 받친 돌에는 이렇게 적혀 있다.

진리는 하나의 꿈이 아니라 많은 꿈속에 있다.

왜 이 문장이 이곳의 명문銘文으로 쓰였는지 이해하지 못하겠다. 나는 지체하지 않고 떠난다. 이제 기념물이라면 지긋지긋하다. 식당 하나가 열려 있다. 그곳에 들어가 움브리아 맥주를 마신다. 이 맥주는 광택 없이 걸쭉한 장인의 맥주처럼 뱃속을 묵직하게 채워서 마치 디저트 먹듯 마시게 된다. 늙은 사람과 젊은 사람들이 점심 식사를 마치고 있다. 두 시가 넘었다. 식당 안에 켜둔 텔레비전에서는 이탈리아 대중가요 영상이 나온다. 텔레비전은 모두의 자랑거리, 시골 사람들의 흰 빵이 되었다. 텔레비전이 없는 농가가 없다. 텔레비전이 꺼지는 농가도 없다. 키아조차 그렇다. 파졸리니가 한 다음의 말은 매우 유명하고, 내가 앞에서도 언급한 바 있다. 그래도 다시 적어본다.

진지하게 말하는데, 나는 진부하기 이를 데 없는 텔레비전보다 더 흉포한 것이 없다고 생각한다. 시청자로서 나는 저녁마다 무한히 깨어 있고, 건강하지 못한 밤 시간들이 이어진다. 무한한 인물들이 등장하는 그 화면에서 나는 보았다. 이탈리아의 기적의 궁전을. […] 텔레비전 화면은 대중 여론의 끔찍한 감옥이다. 완벽한 굴종을 얻어내기 위해 비굴하게 제시된.[116]

내 눈앞에 이탈리아인들이 추리닝 차림으로 먹을 것 앞에 무기력하게 앉아 있다. 그들은 이야기를 나누지만, 눈길이 늘 조금은 텔레비전 화면 쪽을 향해 있다. 나도 자석의 힘 같은 것에 이끌린다. 그 힘은 우리보다 강하다. 텔레비전과 그 추종자들이 이겼다. 그러나 우리는 완전히 패배한 것이 아니다. 그 증거로 오늘날 파졸리니의 목소리는 그 어느 때보다 강력하게 들린다. 게다가 나는 그 목소리가 더 강해질 거라 직감한

---

116) 피에르 파올로 파졸리니, 《텔레비전에 대한 반대》

다. 현실이 리얼리티 방송을 이길 것이다. 희망은 언제나 품어볼 만하다.

마침내 하늘이 입을 다물었다. 하늘은 에너지를 허비했고, 땅만이 도관 속으로, 집에 걸린 아연 배수관 내부로 흐르는 물소리를 들려준다. 나는 맥주 값을 지불하고 자동차로 달려간다. 망루는 키아에 있지 않다. 북쪽에도 있을 리 없다. 나는 막다른 길을 빠져나가 지방도로를 만나고, 올리브 밭을 지나가는 오솔길이나 차도를 찾아야 한다. 조그만 표지판이라도 있는지 살피며 조심스레 나아간다. 내 앞쪽 길가에 적어도 쉰 살은 넘어 보이는 창녀 한 명이 손에 핸드백을 들고 신호등 주위를 배회하고 있다. 나는 어안이 벙벙했다. 아직도 저런 사람이 존재하다니…. 파졸리니의 《거리의 아이들》을 각색한 영화, 로랑 테르지에프Laurent Terzieff가 출연한 〈야만의 밤La Notte brava〉의 한 장면이 떠오른다. 들판 한가운데에, 그녀가 용감하게 서 있다. 전혀 겁먹지 않은 얼굴로 불이 켜진 작은 우리 같은 신호등 곁에. 그녀는 천박하게 화장한 늙은 육체를 지나가는 운전수나 이 외진 변두리의 주변인에게 팔아야 한다. 그런데 그녀 뒤로, 안개 낀 떡갈나무 서식지 너머로, 올리브 밭을 지나 키아 망루가 불쑥 모습을 드러낸다. 그 망루가 틀림없다. 나는 그 망루에서 눈을 떼지 않은 채 자동차를 돌려 새로운 길로 접어든다. 그러나 매번 막다른 길에 다다른다. 망루는 나에게 자신을 내주지 않는다. 다가가는 것이 불가능하다. 유턴하니, 아까 그 창녀가 그 가련한 신호등 앞에 서 있다. 자동차로는 갈 수 없는 오솔길 하나가 숲속으로 이어진다. 나는 길가에 자동차를 세우고 숲속으로 걸어 들어간다. 나무는 아직 울고 있다. 아직 물이 떨어지고 있다. 나무는 비가 내릴 때 우리를 보호해주지만, 비가 그치기를 기다렸다가 물을 쏟아낸다. 조금 미지근한 물을 쏟아내서, 물이 무거운 방울이 되어 부서진다. 서둘러 나아가니, 마침내 망루가 아주 가까이 모습을 드러낸다. 망루의 돌은 떡갈나무와 같은 색이다. 그 으스스한 풍경 속에서 망루는 위압적이고 차갑다. 마침내 망루 아래 이르렀으나 철문을 열 열쇠가 없어서 나는 담장을 기어오를 생각을 했다. 돌을 하나씩 붙잡고 올라간다. 손이 흙투성이라 매달리기가 쉽지 않다. 벽이 미끄러워 주저한다. 나는 안간힘을 다해 담장 꼭대기에 올랐다. 내가 이겼다. 담장에 걸터앉아 키아 망루의 정원을 응시한다. 파졸리니의 정원이다. 곧 끝난다. 나는 그 담장 안을 거닌 뒤 떠날 것이다. 파졸리니와의 관능적 접촉이 그렇게 끝날 것이다. 나는 정원과 나를 갈라놓는 3미터 높이의 담장에서 뛰어내려 흰 양철로 된 오두막 옆에 떨어진다. 파졸리니가 다시 그림을 그리기 위해 세운 오두막이다. 그렇듯 키아는 그의 모든 기쁨을 한데 모아둔 곳이다. 그림, 데생, 음악, 글쓰기, 우정.

'이 순간의 기쁨ab joy.' 그의 삶을 지배하는 기쁨. 〈성난 파졸리니〉에서 그는 이렇게 말한다. "어린 시절 프리울리에서 쓴 첫 시부터 마지막 시까지 나는 프로방스 풍의 시 표현 'ab joy'를 썼다. 종달새는 '이 순간의 기쁨'을 노래한다. 프로방스어 'joy'에는 황홀경, 행복감, 시적 도취의 의미가 담겼다. 어쩌면 이 표현이

나의 모든 창작의 열쇠인지도 모른다 [⋯] 나의 창작을 지배한 기호는 삶에 대한 향수요, 삶에 대한 사랑을 제거하는 것이 아니라 더 배가하는 배제의 의미다."

그리하여 나는 기쁨 속에서 흠뻑 젖은 풀밭을 걷는다. 정원 한가운데에 늙은 떡갈나무 한 그루가 집을 굽어보고 있다. 그 나무는 분명 파졸리니의 방문을 경험했을 테고, 그의 침묵을 맛보았을 것이다. 나는 파졸리니의 배움을 얻기 위해 그 작은 정원을 맴돈다. 그의 말에 귀를 기울인다. 마시모 페레티Massimo Ferretti에게 보낸 편지에서 그는 다시 이렇게 말한다.

초인처럼 굴지 마라. 그러지 않아도 초인은 이미 많다. 조금 더 겸손하려고 애쓰고, 조금이나마 역사적 노력을 기울여 타인들의 '현실'을 이해하려고 애써보라. 사랑하는 친구여, 너는 스무 살이다. 청춘은 어디서나 아름답고 아프다. 너는 어디서나 마음을 사려고 아첨하는 아름다운 여자를, 정사를 나눌 창녀를 만날 것이다. 어디서나 너는 청춘과 연결된 죽음의 기호를

만날 것이다. […] 용기를 내어 시도하라.[117)

    나는 그 시절 청년들에게 주는 그의 조언 하나하나를 나를 위한 것으로 간직한다. 왜냐하면 그의 세계에서는 아무것도, 혹은 거의 아무것도 날짜가 정해지지 않았고, 아무것도 결정적이지 않기 때문이다. 나는 40년 전 죽임을 당한 이 사람에게서 내가 오늘의 지성에게 기대했던 삶의 규칙을 많이 발견했다. 그는 자신에게 편지를 보낸 청춘들에게 답장을 했다. 그에게 묻는 청춘들에게 그 무엇도 감추지 않는 그의 글은(그라치엘라 키아르코시가 내게 환기했듯이) 한 가지 대답을 내놓는다. 역시 마시모 페레티에게 보낸 편지에서다.

    어떤 경우라도 열일곱에서 스물세 살, 스물네 살까지가 우리 삶에서 가장 추한 시절이라는 걸 머릿속에 담아두어라. 그후 힘이 조금이라도 남아 있다면 우리

---

117) 1956년 12월 20일, 로마에서 마시모 페레티에게 보낸 편지,《서간집》중.

는 다시 일어선다. [⋯] 너는 민중의 자식이 아니다. 너는 부르주아다. 그래서 타고난 행복을 잃는 것으로 특권 획득의 대가를 치르게 된다. 이것은 내게도 닥친 일이다. 사실 멋진 특권이다⋯. 그것에서 벗어나는 유일한 방법은 특권에 대한 역사적이고 완전한 인식을 하는 것이다. 바로 그런 이유로 너에게 많이 읽고 공부하라고 조언하는 것이다.[118]

현무암처럼 시커먼 하늘에서 다시 비가 떨어지기 시작한다. 나는 파졸리니와 접촉한 날들을 되새겨본다. 얼굴들을 떠올리고, 발송한 수십 통의 메일을, 주소 하나, 전화번호 하나를 얻어내기 위해 파리나 대학 연구실에서 가진 만남들을 떠올린다. 삼키듯 읽은 파졸리니의 책들, 첫 감동들. 키아의 정원으로 나를 이끈 그 우연들. 내가 이곳에 온 건 만약 파졸리니가 살해되지 않았다면 세상이 혐오스러워 이곳에 칩거했으리라

---

118) 1957년 2월 11일, 로마에서 마시모 페레티에게 보낸 편지, 같은 책.

늘 생각해왔기 때문이다. 고통 받기 싫어서 사랑하는 사람을 더는 만나지 않기로 마음먹는 연인처럼. 더이상 사랑에 빠지지 않기 위해 북적이는 삶에서 멀리 떨어져 키아에 칩거한 파졸리니.

나는 엉터리 작가처럼 여행하며 사람들을 만날 때마다 어리석은 질문을 던졌다. "만약 파졸리니가 죽지 않았다면 오늘날 어디 있을 거라고 생각하세요?" 우스꽝스럽지만 중요한 질문이다. 나는 몇 가지 대답을 기억해두었다. 이를테면 안젤라는 파졸리니가 프리울리로 돌아가 은신했을 거라고 말했다. 나는 그 대답에서 고향에 대한 안젤라의 열정을, 프리울리 출신의 파졸리니와 그가 카사르사에서 쓴 시에 대한 그녀의 광적인 열정을 알아보았다. 환상을 잃은 젊은 안드레아는 파졸리니가 이탈리아에서 멀리 떠났을 거라고 대답했다. "어쩌면 아프리카로 갔을 겁니다. 생애 말엽에 아프리카 이야기를 자주 했으니까요. 그곳에서 진정성을, 대량 소비에 물들지 않은 문화를 발견했겠죠." 아마도 카를로 디 카를로가 가장 정확한 대답을 내놓은 것 같다. 그는 개인적으로 파졸리니를 알았고, 그의 곁에서 살았다. 그의 대답을 듣고 나는 우리 중 누구보다 그의 생각이 옳다는 것을 깨달았다. 카를로 디 카를로는 비아 알레산드리아의 자기 아파트에서 깊이 생각해보지도 않고 당연하다는 듯 나에게 말했다. "오늘날 그가 어디에 있을 것 같으냐고요? 파졸리니는 자기 생각을 관철하기 위한 투쟁에 뛰어들어 사회 한가운데에 있을 겁니다. 여전히 맨 앞줄에 있을 겁니다."

다시 비가 거세진다. 비가 질주한다. 나는 소설 같은 성채, 내 여행의 마지막 단계인 키아 망루로 마지막 걸음을 내디딘다. 남은 생각들, 파졸리니의 유산을 위한 싸움…. 이제 시작일 뿐이다. 다만 물이 한결같은 소리로 변한 풍경, 비 내리는 이 풍경 속에서 내 스무 살의 가장 확고한 욕구 하나가 끝을 맺는다. 파졸리니를 최대한 가까이서 접촉해보겠다는 욕구가.

2015년 6월, 파리

감사의 말

파졸리니의 자취를 좇기 위해 많은 만남이 필요했
다. 사방으로 메일을 보냈고, 대학 강의 사이에 만남들
을 가졌고, 몇몇 이름들을 지웠고, 다른 이름들에 밑줄
을 그었다. 안젤라와 안드레아에게 감사의 말을 전한
다. 그들이 없었다면 프리울리에서 그런 감동을 경험
하지 못했을 것이다. 낯선 이에게 기억을 나눠준 니코
날디니와 카를로 디 카를로에게도 감사드린다.

번역본을 내주고 조언도 해주어 파졸리니를 발견하
게 해준 르네 드 세카티에게도 감사드린다. 또한 내 탐

구를 도와준 프랑수아 리비François Livi와 다비드 룰리
오Davide Luglio에게도 감사한다.

마지막으로, 떠나도록 나를 부추긴 사람들에게도
다정한 마음을 전한다. 이 텍스트의 가치를 믿어준 잔
Jeanne에게도. 용기를 불어넣어주고 함께 시간을 보내
준 친구 자크Jacques와 스탕Stan에게도 우정 어린 감사
를 전한다.

참고문헌

- 르네 드 세카티, 《파졸리니Pasolini》, 갈리마르, 2005년.
- 콜롬보 (푸리오) & 페레티 (지안 카를로), 《파졸리니의 마지막 인터뷰L'Ultima intervista di Pasolini》, 알리아, 2010년.
- 콜루시 파졸리니 (수산나), 《소설적인 가족Une famille roman-esque》, 쇠이유, 2011년.
- 안토니오 그람시, 《감옥에서 보낸 편지Les Lettres de prison》, 갈리마르, 1971년.
  - 《나는 무관심을 증오한다Pourquoi je hais l'indifférence》, 리바주 포슈, 2012년.
  - 《문법과 언어학Grammatica e linguistica》, 리우니티, 1993년.
- 니코 날디니, 《파졸리니, 어떤 삶Pasolini, une vie》, 갈리마르, NRF 전기 총서, 1991년.

- 피에르 파올로 파졸리니,
  - 《서간집Correpondance générale》(1940~1975), 니코 날디니의 감수 및 주석, 르네 드 세카티 편역, 갈리마르, 뒤 몽드 앙티에 총서, 1991년.
  - 《테오레마Théorème》, 호세 구이디 번역, 갈리마르, 폴리오 총서(1949), 1988년(초판: 1978년).
  - 《무언가에 대한 꿈Le Rêve d'une chose》, 앙젤리크 레비 번역, 갈리마르, 리마지네르 총서(201), 2014년(초판: 1965년).
  - 《불순한 행위Actes impurs》, 르네 드 세카티 번역, 갈리마르, 폴리오 총서(3879), 2005년(초판: 1983년).
  - 《페트롤리오Pétrole》, 르네 드 세카티 번역, 갈리마르, 뒤몽드앙티에 총서, 2006년(초판: 1995년).
  - 《아이들Les Ragazzi》, 클로드 앙리 번역, 에디시옹 뷔셰/샤스텔, 1974년.
  - 《루터교인의 편지Lettres luthériennes》, 안나 로키 풀베르그, 쇠이유, 2000년.
  - 《어른? 결코Adulte? Jamais》, 르네 드 세카티 편역 시집, 푸엥, 2013년.
  - 《박해La Persécution》, 르네 드 세카티 편역 시집, 푸엥, 2014년.
  - 《장미 모양의 시Poésie en forme de rose》, 르네 드 세카티 번역 및 해설, 에디시옹 파이요 & 리바주, 리바주 포슈/프티트 비블리오테크 총서, 2015년(원작: 가르잔티, 1964년).

- 《사략록Écrits corsaires》, 플라마리옹, 샹아르 총서, 2009년.
- 《긴 모랫길La Longue Route de sable》, 아를레아, 2004년.
- 《나는 누구인가Qui je suis》, 아를레아, 2015년.
- 《사도 바울Saint Paul》, 에디시옹 누, 2013년.
- 《분노La Rage》, 에디시옹 누, 2014년.
- 《로마 이야기Nouvelle romaines》, 갈리마르, 폴리오 비랭그 총서, 2002년.
- 《빛나는 청춘La Merglio Gioventú》, 비블리오테카 디 파라고네, 산소니, 1954년.
- 《새로운 청춘La Nurva Gioventú》, 에이나우디, 1975년.
- 《이단적인 경험주의Empirismo eretico》, 가르잔티, 1972년.
- 〈그람시의 유해Les cendres de Gramsci〉(1954); 〈가톨릭 교회의 꾀꼬리Le rossignol de l'Eglise catholique〉(1948~1951); 《시집Poésies》(1943~1970), 나탈리 카스타뉴, 르네 드 세카티, 호세 구이디, 장-샤를 베글리앙트 번역, 갈리마르, 뒤몽드앙티에 총서, 1990년.
- 《텔레비전에 반대Contre la télévision》, 레 솔리테르 앵탕페스티프, 2003년.
- 파운드 에즈라, 칸토 LXXXI(81), 일명 피산 칸토, 《칸토스Les Cantos》, 플라마리옹, 2013년.
- 엔초 시칠리아노, 《파졸리니, 어떤 삶Pasolini, une vie》, 라 디 페랑스, 1983년.

파졸리니의 길

첫판 1쇄 펴낸날 2019년 10월 8일

지은이 | 피에르 아드리앙
옮긴이 | 백선희
펴낸이 | 박남희

종이 | 화인페이퍼
인쇄·제본 | 한영문화사

펴낸곳 | (주)뮤진트리
출판등록 | 2007년 11월 28일 제2015-000059호
주소 | 서울시 마포구 토정로 135 (상수동) M빌딩
전화 | (02)2676-7117 팩스 | (02)2676-5261
전자우편 | geist6@hanmail.net
홈페이지 | www.mujintree.com

ISBN 979-11-6111-047-9 03860

* 책값은 뒤표지에 있습니다.